백수귀족 판타지 장편소설

WISHBOOKS FANTASY STORY

버버리안

퀘스트

 13

백수귀족 판타지 장편소설

초판 1쇄 찍은 날 | 2019년 6월 10일
초판 1쇄 펴낸 날 | 2019년 6월 17일

지은이 | 백수귀족
펴낸이 | 예경원

기획 | 위시북스
편집책임 | 이규재
편집 | 위시북스

펴낸곳 | 예원북스
등록번호 | 제396-2012-000132호
등록일자 | 2012. 7. 25
KFN | 제1-424호

주소 | 경기도 고양시 일산동구 호수로 646-24 위너스21II빌딩 206A호 (우)10401
전화 | 031-819-9431 팩스 | 031-817-9432
E-mail | yewonbooks@naver.com

ⓒ백수귀족, 2018

ISBN 979-11-6424-333-4 04810
        979-11-6098-950-2 (set)

백수귀족 판타지 장편소설
WISHBOOKS FANTASY STORY

바바리안

13

퀘스트

Wish
Books

CONTENTS

Chapter 1   7

Chapter 2   41

Chapter 3   63

Chapter 4   105

Chapter 5   133

Chapter 6   157

Chapter 7   181

Chapter 8   211

Chapter 9   231

Chapter 10   265

Chapter 1

　연맹군의 움직임에 문명세계의 귀족들은 신경을 곤두세웠다. 포를카나-연맹군은 북부로 올라가고 있었다. 이틀 이내로 제국수도 하멜을 지나칠 것이다.

　제국의 땅은 평야가 넓은지라 어디서나 야영이 쉬웠다. 날이 저물 즈음에 전사들은 천막을 치고 야영을 준비했다.

　"우린 문명세계의 땅을 얻고 놈들과 교류를 할 거야. 누군가는 농사를 짓고, 종종 저 멀리서 온 낯선 상인도 만나겠지."

　유릭이 모닥불 앞에 앉은 채로 말했다. 주변에는 많은 전사들이 모여 있었다.

　"교류?"

　내키지 않은 듯 누군가 반문했다.

"이렇게 난동을 부리고 서부에 다시 틀어박히려고? 지금이야 형제니 뭐니 하면서 우리끼리 뭉쳤지만, 서부로 돌아가면 우린 다시 적이 될 거다. 서부의 땅은 가혹해. 충분한 식량을 얻을 수 없지. 우린 문명세계와 교류해야 돼."

연맹군은 승기를 잡았고, 언제든 제국과 협상해서 원하는 걸 얻을 수 있었다.

'지금 우리가 싸우는 건 더 나은 협상을 하기 위해서다.'

연맹군은 초창기와 달리 약탈의 빈도가 몹시 줄었다. 약탈을 하지 못해 근질근질한 전사들이 많았지만, 유릭은 불필요한 약탈을 금지시켰다. 지나가는 영지마다 공물을 받는 형식으로 필요한 물자를 보충했다.

'교류를 해야 돼. 서부의 미래는 문명과 교류하는 데 있다. 북부나 남부처럼 종속된 상태가 아니라 대등한 위치로 문명을 습득해야겠지.'

유릭은 미래를 보고 있었다.

'흐지부지하게 끝낼 생각은 없어.'

호수에 잠긴 듯이 몸이 무거웠다. 전사들의 눈동자가 유릭을 압박했다.

유릭은 전사들의 기대에 부응해야 했다. 그게 책임이고 사명이다. 일을 벌였으면 끝까지 마무리를 지어야 한다.

'내가 하고 싶은 일.'

사람에겐 누구나 꿈이 있다. 진정으로 하고 싶은 일이 있을 것이다.

하지만 자신이 원하는 삶을 사는 사람은 몇이나 되겠는가? 책임과 사명, 그리고 집안과 신분. 여러 이유로 인간은 현실에 안주하거나 좌절한다.

자신의 앞에 주어진 책임을 다해야 한다. 꿈은 그다음에 좇을 일이다.

유릭은 동포를 구하고자 서부로 왔다. 형제와 동포들이 그를 의지하고 따랐다. 그 순간부터 유릭은 자유로운 몸이 아니었다.

'사미칸처럼 야망과 사명이 일치한다면 좋겠지만……'

유릭이 옅게 웃었다. 사미칸은 하루하루가 충만한 삶을 살았을 터다.

'전쟁이 끝나고 문명세계와의 교류도 안정되고 나면……'

미약한 희망이 반짝였다.

심란해진 유릭은 일어나더니 인적이 드문 야영지 외곽으로 걸어갔다. 그는 기도하고 있는 고트발을 발견하곤 말을 걸었다.

"왜 여기서 기도하는 거지?"

"조용한 곳을 찾다 보니 여기까지 왔습니다."

"멋대로 돌아다니다가 죽을지도 몰라. 모든 전사들이 내 통제를 따르는 건 아니거든. 더군다나 널 싫어하는 놈들이 도끼날을 열심히 갈고 있지."

고트발은 낮게 웃으며 몸을 세웠다.

"태양교가 어떻게 교세를 넓혔는지 아십니까?"

유릭이 잠시 생각하더니 입을 열었다.

"순교……. 종교적 열망으로 죽음의 공포를 이긴 자가 죽음으로 감명을 주는 거지."

그 대답에 고트발이 흠칫했다.

'이미 유릭의 지식은 어지간한 학자들보다 더 뛰어날지도 모르겠군.'

첫 만남 때부터 비범했던 야만인이었다. 유릭은 단순히 뛰어난 전사가 아니라 총명한 탐구자였다. 싸움만 잘하는 야만인이었다면 이토록 많은 사람의 사랑을 받지도 못했을 것이다.

"제가 당신을 위해 죽으면 루를 믿을 겁니까?"

"그런 식으로 날 협박하지 마. 네가 죽는다면 죄책감 때문에 루를 믿는 척 정도는 할지도 모르지."

유릭이 어깨를 으쓱했다.

"유릭, 당신은 영리합니다."

"칭찬해도 나올 건 없어."

"우쭐하지 않아도 됩니다. 당신의 문제는 바로 그 총명함인 거죠. 똑똑한 사람은 보이지 않는 걸 쉽게 믿지 않습니다. 직접 눈으로 봐야 직성이 풀리죠. 저도 하늘산맥의 금기에 대해 들었습니다. 당신이 도전해 깨뜨린 금기 말입니다."

"그래서?"

"분명 과거에 당신은 신에 대한 호기심으로 충만했던 야만인이었습니다. 그러나 그동안 당신은 많은 걸 보고 들으며 경험했죠. 그리고 지금의 당신은 하늘, 울가로, 루…… 그 어느 것도 숭배하지 않고 따르지도 않습니다. 하나의 길만을 걷기에 너무나 복잡한 사람이 된 거죠, 야만인 유릭."

"고트발, 난 널 좋아하지만 나에 대해 모든 걸 안다는 듯이 말하지 마. 설교는 내가 해달라고 할 때만 하면 돼."

유릭의 말에도 고트발은 입을 닫지 않았다.

"부디 최악의 길을 선택하지 마세요, 유릭."

유릭은 불쾌한 듯이 얼굴을 찌푸렸다. 그는 조용히 자신의 천막으로 돌아갔다.

'포를카나-연맹군이 제국수도 하멜을 공격한다.'

그런 소문이 파다했다. 실제로 포를카나-연맹군은 하멜의 근처까지 진군했다. 성벽 안에 사람들은 벌벌 떨며 기도했고, 상인들은 손해를 보더라도 하멜에 들르지 않고 멀리 돌아갔다.

"올 테면 오라지!"

하지만 하멜의 주둔 중인 수비병력들의 사기는 대단히 높았다. 황제의 부재에도 강철기사들은 흔들림 없었다.

'하멜의 성벽은 뚫리지 않는다.'

하멜의 외벽은 문명세계에서 가장 높은 성벽이다. 현존하는 공성병기와 기술을 모두 동원해도 하멜 공략은 힘들었다. 하멜의 성벽구조를 알고 군사적 지식이 있는 자들이면 하멜이 쉽게 뚫리지 않을 거라는 걸 알았다.

그 누구보다 하멜의 방어력을 잘 아는 수비대는 탈영 한 명 없이 꿋꿋하게 자리를 지키며 경계를 섰다.

포를카나연맹군은 하멜의 성벽이 점으로 보이는 위치에서 주둔을 했다. 그들은 예정대로 바로 진군하지 않고 머뭇거렸다.

연맹군에게는 예상 밖의 합류가 있었다.

"벨루아다!"

3천의 전사를 이끌고 벨루아가 연맹군에 합류했다.

"이 상황에서 벨루아가 오다니……."

부족장들이 서로의 눈치를 보며 조심스레 행동했다. 그들은 벨루아를 섣불리 환영하지 않았다.

연맹군의 내부사정을 모르는 포를카나 군대는 마냥 병력이 늘었다고 좋아했다.

"힘겹게 여기까지 왔는데 환대도 없는 건가?"

벨루아가 빈정거리며 자신을 맞이한 전사들을 바라봤다.

출산을 위해 서부로 갔던 그녀가 돌아왔다.

'선대 대족장 사미칸의 부인.'

지금 연맹군에게 상당히 껄끄러운 신분이었다. 유릭은 사미
칸을 죽이고 대족장의 자리에 앉았다. 어찌 보면 원수나 다름
없었다.

"뭐하는 거야? 붉은모래의 벨루아가 왔잖아! 술과 고기를
내오라고!"

유릭이 전사들을 밀치며 앞으로 나왔다. 그는 싱글벙글 웃
으면서 벨루아를 환영했다.

그 말에 전사들은 한시름 놓은 듯했다. 이제 와서 내전을 벌
일 순 없었다.

"대족장 유릭, 그럭저럭 어울리는군."

벨루아가 유릭에게 접근하며 말했다.

"아들? 딸?"

유릭이 벨루아를 야영지 안쪽으로 안내하며 말했다. 벨루
아는 전사들을 이끌고 야영지 깊숙이 들어왔다. 묘한 적막과
긴장감이 맴돌았다.

대형 천막 안으로 들어간 벨루아가 모피를 두른 의자에 앉았
다. 그녀는 의자 걸이를 매만지다가 유릭을 게슴츠레 쳐다봤다.

"아들."

그 말을 들은 유릭이 들뜬 미소를 지우곤 눈을 감았다가 떴다.

"일단 한잔해. 오랜만에 얼굴을 보니 반가워."

"내 남편을 죽인 주제에 반갑다는 말이 입에서 나와?"

말과 달리 벨루아도 어깨를 으쓱했다. 애정 없는 혼인이라는 건 연맹 내에서 모르는 사람이 없었다.

"어차피 감정이 있어서 결합한 것도 아니잖아. 남편의 원수라도 갚으려고?"

"지금 상황에서 너한테 덤벼봐야 승산이 없다는 건 나도 알아. 하늘에 맹세코 전사를 이끌고 온 건 합류를 위해서다."

벨루아가 술잔을 받아 들었다. 두 사람은 가볍게 우호의 잔을 나눴다.

유릭은 얼큰한 숨결을 내뱉으며 중얼거렸다.

"그래, 아들을 낳았군. 사미칸의 아들⋯⋯."

벨루아는 자신의 아들을 붉은모래 부족에 두고 왔다. 그녀보다 더 자상한 여인들이 지극정성으로 보살필 터다.

"아들은 언젠가 아버지의 복수를 해야 돼. 지금은 아니라도 장성한 뒤에 복수하지 않으면 전사들의 비웃음을 사겠지. 사미칸의 복수는 내 알 바가 아니야. 하지만 내 아들이 경멸을 받는 건 내 문제지."

"내가 대부가 되면 안 될까? 나는 사미칸과 형제의 서약도 했잖아."

"장난해? 그건 아비를 죽인 자를 대부로 삼아서 구차하게 목숨을 구걸한 꼴이잖아. 차라리 내 손으로 내 아들의 목을 졸라 죽일 거다."

"그 아이가 장성하려면 십 년도 넘게 남았어. 지금 중요한 문제는 아니지. 그전에 내가 죽을 수도 있고 말이야."

사미칸의 아들 문제는 당장 해결해야 할 정도로 급하진 않았다. 그걸 알기에 벨루아도 유릭을 찾아온 것이다.

벨루아와 유릭은 그 문제를 뒤로 미뤄뒀다. 사미칸의 아들이 장성하기 전에 둘 중 하나가 죽는다면 해결되는 문제였다.

"왜 사미칸을 죽여서 대족장 자리를 뺏은 거지? 내가 없는 동안 그렇게 사이가 나빠진 건가? 네 성격에 대족장의 자리가 탐나진 않았을 텐데?"

"사미칸이 무모한 판단을 내렸다. 자신의 삶이 얼마 남지 않아 과욕을 부린 거지. 사미칸을 막을 방법은 하나뿐이었어."

"사미칸의 판단이 무모했다고 확신해?"

벨루아가 날카롭게 눈을 떴다.

당시의 유릭은 사미칸이 연맹을 파멸로 몰고 갈 것이라 생각했었다.

'하지만 정말 승산이 없었던 걸까? 어쩌면 사미칸이 내가 모르는 무언가를 알고 있어서 제국을 함락시킬 수 있었던 게 아닐까?'

사미칸의 시야는 어떤 면에서는 유릭보다 넓었다. 두 사람은 같은 곳에서 서로 다른 걸 볼 수 있었다.

"……이제 와서 사미칸의 판단이 맞았다고 한들 무슨 의미가 있다는 거지? 연맹의 대족장은 나다, 벨루아. 넌 이미 한 번 나와의 약속을 깨고 자신의 이익을 탐했었지. 네가 날 탓할 자격이 있나? 날 대족장으로 인정하지 못하겠다면 돌아가라. 가서 반란이든 뭐든 준비해 봐."

유릭이 의자에 등을 기대며 다리를 꼬았다. 그는 팔을 느슨하게 늘어뜨려서 의자 밑에 떨어진 도끼를 매만졌다.

연맹이란 조직은 비대해진 만큼 정치적으로 복잡했다. 하지만 부족전사문화를 기반으로 한 조직에는 단순한 법칙이 있었다.

그 어떤 도덕과 윤리, 정당성을 뛰어넘는 단 하나의 규칙.

벨루아가 자신의 품에 손을 가져갔다. 유릭의 동공은 먹이를 노리는 매처럼 작아졌다가 커지길 반복했다.

키잉.

차가운 소리가 났다. 벨루아는 자신의 보물이자 상징인 운철단도를 꺼냈다. 그녀도 알고 있다. 유릭의 원정이 실패하면 서부는 문명의 노예가 된다.

끼익.

벨루아가 한쪽 무릎을 꿇고 고개를 숙였다. 그녀는 손바닥을 높게 들어서 유릭에게 운철단도를 바쳤다. 불안정한 관계를 개선하기 위한 일종의 조공이었다.

"실례했다, 대족장 유릭. 군말 없이 따르지."

지극히 단순하면서도 자연 상태에 가까운 야만의 율법.

강자는 약자를 지배할 권리가 있다.

"폐하께서 북부에 친정을 나가신 동안 우린 여길 지켜야 한다!"

수비대장을 맡은 기사가 연병장의 단상을 돌아다니며 외쳤다. 그는 거칠게 손짓하며 병사들을 독려했다. 하멜에 남은 전투병력은 고작해야 삼천여 명이었으나, 그들은 수만의 공성병력도 막을 수 있었다.

"우리의 성벽은 높고! 저들은 무지한 야만인이다!"

"오우!"

병사들이 발을 구르며 창대로 땅을 찍었다.

"하멜은 무너지지 않는다! 저들이 여길 노린다면 어리석은 판단을 한 대가를 치를 것이다! 누가 그놈들에게 피의 대가를 보여주겠는가! 바로 우리들이다!"

수비대장이 목청이 찢어져라 외쳤다. 목대에 선 핏발과 함께 정수리까지 붉어지는 듯했다.

'하멜은 한번 함락되면 되찾기도 힘들어.'

하멜에서 수성을 한다면 능히 일당백도 가능하다. 심지어 군사훈련을 받지 않은 사내라도 쇠뇌 하나만 있으면 한 사람의 몫을 하고도 남는다.

하멜의 성벽은 온갖 공성병기로도 뚫기 힘들었다. 해자는 깊고 넓어서 공성탑이나 사다리로는 넘지도 못한다. 비축된 군수물품들도 충분해서 1년도 문제없이 버틸 수 있다.

'오히려 하멜을 공격해 오면 절호의 기회다. 놈들은 병력의 태반을 잃게 되겠지.'

제국 입장에서 수성전은 환영이었다. 야전에서는 이미 한번 대패했다. 하지만 수성전에서는 그런 변수가 거의 일어나지 않는다.

"폐하께서 없으신 동안 우리가 하멜을 지켜야 하오."

수비대장이 연설을 마치고 부관들에게 병력배치를 맡겼다. 그는 하멜의 시민 중에 소집 가능한 병력은 모두 모았다. 머리가 새하얀 퇴역군인들조차 하멜을 지키기 위해 자진해서 무기를 들고 모여들었다.

"와라…… 야만인."

수비대장은 성루에 올라가 포를카나-연맹군의 진영을 바라봤다. 저 멀리서 연기가 피어올랐다. 이틀이 지나도록 별다른 움직임은 없었다.

"기름통을 성벽에 올려! 언제 놈들이 공격할지 몰라!"

인부들이 성벽 아래에서 부지런히 움직였다. 수비대는 수성 물자를 성루마다 배치해서 단단히 대비했다.

"사르반 경! 누군가 접근하고 있습니다."

병사가 수비대장을 황급히 찾아왔다.

"놈들의 전령? 야만인 주제에 선전포고를 하는 건가?"

"포를카나의 전령일 수도 있습니다. 문명왕국이니 형식을 갖추는 거겠죠."

수비대장은 갑옷조차 입지 않고 성문으로 올라갔다. 저 멀리서 말을 탄 사내가 평원을 달려오고 있었다.

"야만인이다! 야만인이 온다!"

성벽 바깥에 있는 인부들 수십여 명이 겁에 질려 안으로 들어왔다. 고작 한 명이었지만 그만큼 약탈자들은 두려운 존재였다. 문명인들은 서부의 약탈자들을 같은 인간으로 보지 않았다. 농부들의 눈으로 보자면 약탈자들은 다른 세계에서 온 괴물이었다.

"으, 으아아아아!"

인부들은 자신들의 장비조차 내던지고 허겁지겁 뛰었다.

말을 탄 사내는 멀리서 봐도 두드러지는 야만인이었다. 우락부락한 몸뚱이 때문에 말이 작게 보일 정도였다.

"저 성벽을 보는 것도 오랜만이로군. 인간이 쌓아 올린 거라고 믿기 힘들었었지."

말을 탄 유릭이 중얼거리며 말고삐를 잡아당겼다. 그는 성문에서 한참이나 떨어진 곳에서 멈췄다.

"킬리오스, 진정해. 오늘은 싸우러 온 게 아니야."

유릭이 손을 뻗어서 말갈기를 쓰다듬었다. 킬리오스가 기분 좋게 숨을 내뱉었다.

킬리오스는 좋은 말이다. 유릭의 거친 행동을 감당할 수 있는 말은 몇 없다. 힘도 세고 겁도 없어서 전투마로 제격이었다. 무엇보다 인내심이 강해서 풀뿌리를 뜯어먹으며 버틸 정도로 강인한 말이었다.

"나는 연맹의 대족장 유릭이다!"

유릭이 쩌렁쩌렁하게 외쳤다. 그 말을 들은 제국병사들이 웅성웅성 떠들었다.

'그 유릭이다.'

이제 유릭을 모르는 사람이 드물었다. 악명은 전염병처럼 퍼져 나갔다. 좋은 소식은 늦어도, 나쁜 소식은 바람처럼 빠르다.

문명세계에서는 마냥 불길한 그림자였던 약탈자들은 유릭이라는 존재로 형체를 갖췄다. 문명세계에서 명성을 어느 정도 쌓았다는 점이 더 무시무시했다.

'우린 저들에 대해 모르지만, 저들은 우리에 대해 잘 안다.'

알고 있다는 것. 그게 과거의 북부인과 약탈자들이 다른 점이었다.

북부인은 보수적이었고 자신들끼리 싸우느라 외적을 보지 못했다. 당장 남쪽에 좋은 땅이 있다는 걸 알더라도, 오랫동안 원수 사이였던 이웃 부족과 싸우느라 남쪽으로 확장하지 못했다. 기껏해야 겨울마다 소규모 약탈대를 꾸려서 문명세계를 침입하는 정도였다.

문명세계는 제국의 기치 아래에 통합되었고, 제국은 확장을 위해 야만의 세계를 정복했다. 북부는 속수무책으로 당했다. 시대가 영웅을 만들 듯이 뒤늦게 미요른이 나타나 북부를 통합했지만 기울어진 전세를 뒤집지 못했다.

'우린 북부와 다르다.'

유릭이 하멜의 성벽을 바라봤다. 고개가 뻐근할 정도로 높디높다. 하멜의 성벽은 사다리를 걸쳐서 점령할 수준이 아니었다. 저곳을 점령하고자 한다면 모든 병력을 잃을 각오를 해야 한다.

서부인들은 교활하게 행동했다. 그들은 문명세계를 알고 있었기에 자신들이 이길 수 있는 싸움만 했으며, 필요하다면 문명인 용병을 받아들이고 왕국과도 동맹을 맺었다.

유연한 사고방식과 배우는 자세.

유릭과 사미칸의 장점이자, 두 사람의 공통점이었다. 유릭은 산맥을 건너가 문명세계를 이해했고, 사미칸은 산맥을 건너온 노아를 통해 문명세계를 배웠다.

"후우우."

유릭이 숨을 크게 들이마셨다.

"우린 내일 아침 해가 뜨면 공격을 하겠다! 두려움에 떨어라! 해가 뜨지 않길 오늘 밤 간절히 빌어라! 장담컨대 너희들의 신은 구경만 하고 있을 것이다!"

유릭의 목소리가 성벽 너머까지 쩌렁쩌렁 퍼졌다.

"쏴라."

수비대장이 입을 열었다. 명예롭지 못한 짓이지만 야만인을 상대로 문명의 예의를 지킬 이유는 없다. 무엇보다 약탈자의 수장이 코앞에 있었다. 부족군대는 중심이 되는 대장을 잃으면 금방 와해된다.

'여기서 저자를 죽인다면 단숨에 승기가 기운다.'

사정거리가 아슬아슬했지만 쇠뇌병들이 조준을 했다.

"발사!"

화살 수어 발이 날아갔다.

휙!

유릭은 말의 엉덩이에 매달린 방패를 꺼내서 화살을 이리저리 막았다. 그는 방패에 꽂힌 화살을 도끼로 내려쳐서 부러뜨렸다.

"제기랄!"

수비대장을 욕설을 내뱉었다.

유릭은 수비대를 놀리듯이 사정거리 바깥에서 말을 타고 빙글빙글 돌았다. 갑자기 말에서 내리더니 바지를 벗고 성문 방향으로 오줌을 갈겼다.

"저, 저 쳐죽일 놈이!"

병사들이 격앙된 목소리가 욕설을 내뱉었다.

유릭은 마지막 한 방울까지 툭툭 털고 바지를 다시 올렸다.

"하, 겁쟁이들 같으니! 아무도 성벽 바깥으로 나올 생각을 하지 않는 거냐? 그러고도 명예로운 기사이자 제국군이냐? 나와 무기를 맞댈 사내는 없단 말이냐!"

수비대장은 당장에라도 뛰쳐나가고 싶은 마음을 꾹꾹 눌렀다.

"추격대를 보낼까요?"

"어차피 놓칠 거다. 괜히 따라갔다가 매복에 당할 수도 있어."

훈련된 병사 하나조차 아쉬운 시점이다. 수비대장은 그저 분을 삭이며 유릭을 쳐다봤다.

유릭은 바닥에 침을 뱉으며 말에 다시 올라탔다. 그는 실컷 제국군을 조롱한 뒤에 자신의 주둔지로 돌아갔다.

"약탈자 유릭이 선전포고를 했다."

"드디어 오는 건가……."

유릭의 선전포고는 금방 하멜 내부에 퍼졌다. 병사들이 전파하지 않아도 사람들의 입을 타고 길바닥 거지까지 유릭의 이름을 들었다.

"정말로 그 마상창시합의 야만인 유릭이 맞는 건가?"

"내 친구가 제국군 소속인데 진짜라고 말하더군."

"우리가 저 악마에게 환호했다니……."

"루께서 우리를 지켜주실 거네."

"정말로 그럴까? 성직자들은 약탈자들이 루가 내린 벌이라고 말하던걸?"

"벌이 아니라 시련이네. 우리가 이겨내야 할 시련."

하멜은 무거운 고요 속에서 하루를 보냈다. 태양사원에는 기도하는 자의 물결로 발 디딜 곳조차 없었다.

여인들은 어쩌면 마지막이 될지도 모르는 식사를 준비했다. 집집마다 훌쩍이는 소리가 섞인 기도가 들렸다. 천진난만하게 웃는 이들은 아무것도 모르는 아이들뿐이었다.

"훈련한 대로 한다면 막지 못할 이유가 없다."

수비대장은 부관과 장교들을 모아 저녁마저 거르며 밤이 깊도록 회의를 하고, 성벽과 수성물자도 빠짐없이 점검했다.

"하지만 뭔가 자신이 있으니 저렇게 도발한 걸 겁니다."

제국군은 서부의 약탈자에 대해서 아는 게 없었다. 그래서 더욱 불안했다. 차라리 상대가 문명인이었다면 더욱 안심했을 터다.

'무슨 기상천외한 방법으로 성벽을 공략할지 모른다.'

야만인들은 문명인의 예상을 뛰어넘는 전략전술을 쓰곤 했다. 문화가 다르기에 가능한 일들이었다. 같은 걸 보더라도 종교와 문화가 다르면 보이는 게 달랐다.

달이 기울고 밤이 깊어갔다. 여름의 곤충들이 찌륵찌륵 울어댄다. 서부인들도 이제 습한 밤공기가 익숙했다.

"하멜……."

유릭은 주둔지에서 좀 떨어진 언덕에 앉아 있었다. 그는 모닥불 하나 없이 하멜을 응시했다. 대도시답게 밤인데도 성벽 주변에 빛이 은은하게 맴돌았다.

유릭의 눈동자는 소용돌이처럼 흔들렸다. 그는 문명세계에서 많은 걸 봤다. 굵직한 사람을 만나며 다른 가치관과 삶을 배웠다. 그 모든 걸 녹여내듯 가슴의 불꽃이 뜨거웠다.

욱씬.

심장이 아파오듯 뛰었다. 제국의 수도 하멜은 그가 동경하는 문명의 정수였다.

'전사들은 저곳에 들어가 본 적이 없지. 사미칸조차 하멜이 어떤 곳인지 모르고 죽었다.'

전사들은 하멜의 위대함을 모른다.

하멜은 산을 등지고 있었는데, 산에서 내려온 물은 수로를 따라 도시 내부로 흐른다. 건물 위에 설치된 거미줄 같은 수로를 따라 물이 도시 곳곳에 공급되며, 폐수는 지하로 처리해서 깨끗한 물과 섞이지 않도록 했다.

'만약 우리가 하멜을 점령하더라도 전사들은 무자비하게 약탈하고 파괴하겠지. 내 형제들은 하멜의 위대함을 이해하지 못할 거야. 그런 삶을 살아왔으니까.'

유릭과 같은 감수성을 갖춘 전사는 몇 없었다. 선지자에 가까운 일부만이 문명에 대해 배우려고 할 뿐이었다. 나머진 그저 약탈과 쾌락에만 관심이 있었다.

"유릭."

유릭은 나뭇가지로 흙바닥을 그어 자신의 이름을 썼다. 문자를 배우는 건 즐거웠다. 그런 기쁨을 형제들에게도 알려주고 싶었다. 하지만 형제들에게 이해받지 못할 거라는 걸 유릭도 안다. 문자 따윌 배울 시간에 도끼날을 가는 게 전사였다.

유릭은 고개를 옆으로 비틀며 어둠을 응시했다. 도시 바깥은 존재하지 않는 듯이 어두웠다.

문명이 빛이라면 야만은 어둠이었다. 야만세계에서는 미래가 보이지 않았다. 서로를 죽이고 약탈하며 먹고 사는 데 급급했다. 야만세계에서는 전사의 삶만이 유일한 가치였다.

어느 순간부터 악령이 보이지 않았다. 사후세계를 속삭이던 불안의 그림자들이 유릭의 곁을 떠났다.

"내가 죽어서 어딜 가든……."

유릭이 피식 웃었다. 그는 흙바닥에 적힌 자신의 이름을 바라봤다.

"사람들은 나를 기억하겠지."

불안해하지 않아도 된다.

형제들은 물론이고 문명인조차 자신을 기억할 테니까.

어둠이 걷히고 해가 뜬다.

성벽 위의 병사들이 눈을 게슴츠레하게 뜨며 일출을 바라봤다. 야만인의 경고가 아직도 그들의 뇌리에 박혀 있었다. 유릭의 선전포고는 병사들의 심장을 조였다.

"걱정 마. 우린 놈들을 막을 수 있어."

경험이 많은 선임이 젊은 병사들을 다독이듯 말했다.

'정체 모를 불안과 두려움.'

머리로는 하멜이 뚫리지 않을 거란 걸 알아도 가슴은 떨렸다. 서부의 약탈자가 가져온 공포란 그런 것이었다. 논리적 이해보다 앞선 감정. 감정적으로 우세를 점하면 전장에서도 우위에 설 수 있다.

'두려움이 우릴 좀먹고 있다.'

수비대장이 묵직한 눈동자를 들었다. 그는 갑옷을 입은 채로 경계를 서는 병사들을 독려했다.

"곧 공격이 오는 건가."

약탈자의 수장 유릭은 오늘 아침에 공격하겠다고 선언했다.

'폐하와 본대가 없는 틈을 타서 하멜을 점령하려는 속셈이 겠지. 제법 머리를 굴렸군.'

수비대장은 심호흡하며 평정을 유지했다.

'그러나 놈들은 하멜을 차지하지 못할 거다. 우린 버틸 수 있어. 저 넓고 깊은 해자는 어떻게 메울 것이며, 사다리로도 닿지 않는 성벽은 어떻게 공략할 거지? 성벽마다 기름과 화살은 충분해. 놈들이 어딜 공격해도 난공불락이다.'

수비대장은 몇 번이나 성벽을 점검했다. 혹시라도 열린 쪽문이 있을까 싶어서 꼼꼼히 살폈다.

"불안해할 필요는 없다."

수비대장이 스스로에게 말했다.

지평선에 걸쳤던 태양이 점점 위로 올라갔다. 바짝 긴장하던 제국군조차 서서히 군기가 풀렸다.

예정된 공격이 오지 않자 밤새 긴장하느라 쌓인 피로가 몰려왔다. 성벽에 기댄 병사들은 꾸벅꾸벅 졸았다.

"곧 정오인데도 공격할 기미가 없습니다."

눈이 좋은 장교가 수비대장에게 보고했다.

수비대장은 병사들의 상태를 살피더니 이맛살을 찌푸렸다.

"우리를 방심하게 하고 공격할 셈인 거다. 약속된 시간에 공격을 하지 않으면 해이해질 거란 걸 안 거지. 놈들의 기만에 속지 마라. 공격은 온다!"

수비대장이 성벽을 돌아다니며 조는 병사들을 걷어차며 깨웠다. 화들짝 놀란 병사들이 침을 닦으며 눈을 부릅떴다.

"명예와 약속도 모르는 야만인 같으니! 포를카나도 변방왕국답게 야만인과 다를 바가 없군!"

수비대장을 짜증을 내며 두 손가락으로 미간을 꾹꾹 눌렀다. 그도 밤을 새우다시피 해서 몹시 피로했다.

'심리적으로 우리를 몰아가는 건가? 그 정도의 심리전을 할 정도로 영리한 군대인가?'

모든 게 의심스러웠다. 포를카나-연맹군은 카르니우스의 군대를 대패시킬 정도로 대단한 군대다. 그런 그들이 모습을 드러내지 않으니 더욱 불안했다.

'불안과 공포.'

애써 억눌렀던 감정이 스멀스멀 기어 올라왔다. 너무나 무거운 책임이 그의 어깨를 짓눌렀다.

"사르반 경, 눈을 좀 붙이시지요."

부관이 수비대장에게 휴식을 종용했다.

"지금 잠들면 제정신으로 깨어나지 못할 거네."

수비대장은 그리 말하며 의자에 앉았다. 그러나 그도 인간인 이상 졸음을 더 이상 참지 못했다. 잠시 눈을 감았을 뿐인데 의식이 훌쩍 어둠에 잠겼다.

고요한 시간이 지났다. 수비대장은 정오가 지나도록 눈을 뜨지 않았다. 부관들은 굳이 수비대장을 깨우지 않고 교대로 지휘를 맡으며 공격을 기다렸다.

"카하아악!"

수비대장이 비명을 지르며 눈을 떴다. 불안 때문인지 끔찍한 악몽을 꿨다. 하멜이 통째로 불타오르는 꿈이었다.

"아직, 아직 야만인은 오지 않았더냐!"

수비대장이 하늘을 보며 외쳤다. 벌써 태양은 밑으로 가라앉기 시작했다. 막 잠에서 깨어난 터라 지금이 꿈인지 현실인지조차 헷갈렸다.

"진정하시지요, 사르반 경. 아직 야만인들은 오지 않았습니다."

"아직도?"

수비대장은 불안감은 더 커졌다. 차라리 어떤 징조라도 있으면 대비를 할 터였다. 적에 대해 아는 게 없으니 마음을 놓지 못했다.

"정찰대를 보내서 놈들의 동태를 살펴라! 지금까지 움직이지 않았다면 무슨 이유가 있을 터."

부관이 고개를 끄덕이며 잽싼 병사들을 골라서 쪽문으로 내보냈다.

수비대장이 물을 마시며 흐트러진 정신을 한 조각씩 모았다. 고요한 하루가 지나가고 있었다.

'도대체 어떤 방법으로 하멜을 공략하려고 하는 거지?'

날이 저물기 전에 정찰대가 돌아왔다.

"식사를 준비하는 연기가 주둔지 곳곳에서 피어올랐습니다. 아마도 뭔가 준비가 되지 않아 공격을 미룬 듯합니다."

정찰대의 보고를 들은 수비대장이 입술을 씰룩였다.

"그냥 예정된 공격을 하지 못한 건가?"

"생각보다 대단한 군대가 아닐지도 모릅니다. 어쩌면 놈들 사이에서 의견충돌이 있을지도 모르죠. 약탈자들은 몰라도 포를카나 군대는 하멜의 성벽이 얼마나 대단한지 알 겁니다. 바르카 왕이 직접 군대를 이끌고 있으니 무모한 공격을 하지 않았던 거겠죠."

부관과 기사들이 이런저런 추측을 하며 입을 열었다.

불안한 하루가 지나갔다. 다음 날이 되어서도 전투는 없었다. 긴장감이 흐트러지면서 병사들의 얼굴도 밝아졌다. 농담을 던지는 자들이 늘어만 갔다.

"우리가 흐트러지길 기다리는 걸지도 모른다! 병사들의 기강을 잡아둬!"

수비대장의 얼굴에만 수심이 가득했다. 정찰대를 몇 번이나 보내도 주둔하고 있다는 말만 들려왔다.

멀찍이서 보는 것만으로는 자세한 상황을 알 수가 없었다.

"더 가까이 접근해 정보를 캐라."

유릭의 선전포고가 있은 뒤로 이틀이나 지나서야 수비대장은 첩자를 보냈다. 포를카나 출신의 제국병사를 몰래 보내서 정보를 캐낼 생각이었다.

수비대장과 부관들은 뭔가 심상치 않다는 걸 느꼈다. 포를카나-연맹군이 무슨 계략을 꾸미고 있다고 생각했다.

성문에서는 하루도 지나지 않아서 보고가 들어왔다.

"머리만 돌아왔습니다."

야만인 하나가 말을 타고 오더니 성문 근처에 첩자의 머리통을 던지고 사라졌다.

머리통을 감싼 보자기를 열자마자 악취가 사방으로 퍼졌다.

"더러운 놈들."

수비대장은 잘린 머리를 바라보며 욕설을 내뱉었다. 화가 머리끝까지 치솟았다.

"죽은 사람에게 어떻게 이럴 수가 있단 말인가!"

머리통은 오줌과 똥으로 범벅이 되어 있었다. 죽은 자를 모욕해서 보낸 셈이었다. 문명인끼리의 전쟁에서는 있을 수 없는 일이었다.

'한 가지 확실한 게 있군. 저 군대의 주도권은 포를카나가 아니라 약탈자들이 잡고 있는 거라는 거다. 포를카나 왕국의 군대가 주도권을 잡고 있으면 이런 짓을 하진 않겠지.'

수비대장이 바득바득 이를 갈았다. 약탈자보다 포를카나가 더 밉다는 생각마저 들었다.

'필요할 때는 제국에 빌붙다가 이젠 야만인과 손을 잡다니……. 박쥐가 따로 없군.'

그러나 상황은 괴이했다. 며칠이 지나도록 야만인들은 공격할 기미가 없었다.

"시간이 급한 건 저들입니다. 아마 보급품도 얼마 남지 않았을 겁니다. 포를카나의 능력으로는 여기까지 보급을 제대로 유지하지 못할 테니까요."

"우리보다 저들이 그걸 더 잘 알겠지. 공격하지 않는 이유가 있을 거다."

수비대장은 정보의 공백 상태로 기다리지 않았다. 그는 기사들을 불러서 위력정찰대를 꾸렸다. 경갑을 입은 기사들이 미리 장전된 쇠뇌와 무기를 챙겼다.

끼이이익.

벌건 대낮에 성문이 열렸다. 수비대장을 비롯한 경기병 백이 바깥으로 뛰쳐나갔다.

수비대장은 적들의 주둔지를 향해 접근했다. 주둔지 내부에서 사람들이 움직이는 게 보였다.

"우리의 목표는 저들의 세력이 어느 정도인지 확인하는 거다. 섣부른 근접전은 삼가고 원을 그리며 근처를 돌아."

위력정찰의 목적은 적의 동태를 확실히 파악하는 것이다.

피슛!

가까이 접근한 경기병들이 주둔지 변두리를 급습하며 쇠뇌를 발사했다.

'나오지 않아?'

경기병의 기습에도 대응하는 병력은 없었다.

수비대장은 흔들리는 눈동자로 좀 더 가까이 접근했다.

'야만인은 호전적이다. 약탈자들도 마찬가지지. 이렇게 급습했는데 아무도 반격을 하지 않고 있어?'

수비대장이 옆을 보며 손짓으로 명령을 내렸다. 기병 중 일부가 대열을 이탈하며 안쪽으로 깊게 들어갔다.

촤악!

기병들이 철퇴를 들어서 천막을 유지하는 기둥을 부러뜨렸다. 천막을 확인한 기병이 눈을 크게 뜨곤 외쳤다.

"사르반 경! 텅 비었습니다! 아무도 없습니다!"

저 멀리서는 약탈자들이 도망가고 있었다. 그 숫자는 고작해야 수백여 명에 불과했다.

"제기라아아아알!"

수비대장이 눈을 크게 뜨며 소리를 내질렀다. 그는 도망치는 약탈자들을 쫓아갈 생각도 하지 않았다. 지금은 그게 중요한 게 아니었다.

"함정이다! 함정이었어! 놈들은 이미 며칠 전에 주둔지를 벗어난 거다! 그저 하멜을 포위한 척만 한 거지!"

포를카나-연맹군은 소수의 병력만 남겨두고 주둔지를 유지했다. 이미 본대는 떠난 지 오래였다. 겉으로 멀쩡한 천막일지라도 내부에는 아무것도 없었다.

수비대장은 경악하며 분통을 터뜨렸다. 의미 없는 불안 때문에 시간만 낭비했다.

'놈들은 어디로 갔단 말인가?'

수비대장은 약탈자들의 흔적들을 쫓다가 북쪽을 바라봤다. 무언가를 깨달은 그가 황급히 성으로 돌아갔다.

"서기관-!!"

수비대장이 하멜로 들어서자마자 서기관을 부르짖었다. 그러나 서신을 작성할 시간조차 아까웠다.

"폐하께서 위험하시다. 빌어먹을! 놈들은 북부로 간 거야! 북부!"

수비대장이 광란하다시피 했다.

"그 선전포고가 기만이었다니!"

수비대장이 벽을 세게 치며 이를 악물었다. 약탈자들의 계략에 완전히 당했다. 저들은 문명인의 불안과 공포를 적극적으로 이용했다. 미지와 공포는 사람을 조심스럽게 만든다. 때론 과감하게 행동할 필요가 있을 때조차 움직이지 못하게 한다.

"놈들보다 먼저 도착해 폐하께 알려야 한다! 놈들의 공격을 미리 경고해야 돼!"

수비대장이 전령의 뺨을 잡으며 침을 튀겼다. 전령이 굳은 눈동자로 고개를 끄덕였다.

"제국의 운명이 네 어깨에 달렸다! 가라!"

수비대장이 말의 엉덩이를 때리며 재촉했다. 전령은 흙먼지를 날리며 북부로 향했다.

'이런 과감한 수를 쓰다니…….'

대단한 도박이었다. 포를카나-연맹군은 뒤를 점령하지 않고 황제의 친정군대와 마주하는 셈이었다.

'만약 폐하의 친정군을 단번에 제압하지 못하면 본인들이 위험에 처하게 되겠지.'

제국의 황제직할령에는 이미 다음 군단을 소집하고 있었다. 조금만 시간이 더 지난다면 포를카나-연맹군은 앞뒤로 포위되는 셈이다.

'폐하의 친정군과 맞서 싸워 이길 자신이 있다는 건가…….'

수비대장은 이를 바득바득 물었다. 과감한 전략전술에는 장단이 있으며, 위험부담은 그만큼 크다. 하지만 성공한다면 그만한 이득이 있었다.

당장에라도 수비대를 이끌고 약탈자 군대의 뒤를 쫓고 싶었다. 하지만 그것조차 약탈자의 함정일지도 모른다는 생각이

들었다. 흥분해서 수비대를 바깥으로 내보냈다가 하멜이 점령 당할 수도 있다.

"유력……. 놈의 생각인가?"

상대가 무척이나 커 보였다. 의심이 꼬리를 물면 아무것도 하지 못한다.

'싸우기도 전에 졌군.'

수비대장이 마침내 씁쓸한 웃음을 터트렸다.

Chapter 2

북부의 제국군은 다른 요새를 공략하고 있었다. 벌써 요새를 둘이나 점거했고, 이번이 마지막 공성전이나 마찬가지였다. 요새를 셋만 점령하면 제국과 북부의 경계선을 대부분 지킬 수 있었다.

　"태양 만세-!!"

　제국병사들이 소리를 지르며 달려갔다. 그들 앞에서는 태양 깃발이 크게 펄럭였다.

　"후욱, 후욱."

　바샤는 숨을 몰아쉬며 선봉에 섰다. 전략전술 따윈 없어도 그녀는 전진했다. 어차피 상세한 전투는 기사들이 지휘했다.

　"아아아……."

바샤가 힐끗 뒤를 돌아봤다. 수천이 넘는 병사가 자신의 뒤를 따르고 있었다.

'태양의 은총을 믿는 자들.'

바샤는 몸이 뜨거웠다. 따스한 충만감이 복부부터 퍼져 나갔다.

팅!

화살 하나가 바샤의 몸에 부딪혔지만 옆으로 튕겨 나갔다. 그녀의 갑옷은 은빛으로 반짝였다. 허술한 갑옷이 아니라 제대로 만든 강철갑주였다.

"발-사!"

투석기가 화염기름통을 요새 안으로 날려 보냈다. 이어진 불화살이 화염기름에 불을 붙이면서 요새 내부를 불바다로 만들었다.

"카아아아악!"

북부전사들이 비명을 질러댔다. 산 채로 온몸이 타는 고통은 끔찍했다.

목조건물이 많은 북부의 요새는 단숨에 타올랐다. 이글거리는 불꽃 위로 화염기름통이 몇 번이고 더 떨어졌다.

"남은 걸 전부 쏟아부어라. 여기만 점령하면 된다."

얀키누스는 미동 없는 눈동자로 불타는 요새를 바라봤다. 화염기름 한 통을 쓸 때마다 은화가 가득 찬 항아리를 내던지는 거나 마찬가지다. 그만큼 화염기름은 제작비용이 많이 들었다.

'아끼고 자시고 할 때가 아니지.'

이번 원정에서 가져온 화염기름을 모두 썼다. 첫 실전에 투입한 화염기름과 제국의 불은 대단히 위력적이었다.

'이런 군사기술은 바깥으로 새어 나가면 안 된다.'

제국강철과 화염기름은 돈으로 헤아릴 수 없는 가치를 지녔다. 제국은 그 기밀을 지키기 위해 많은 노력을 기울였다.

"바샤의 깃발이 여기서도 보이는군."

얀키누스가 전장을 바라보며 느긋하게 앉아서 턱을 괴었다.

"사기진작에 도움이 되고 있습니다. 주변의 공기가 뜨겁다고 느껴질 정도로 열의가 있는 여자입니다."

투구를 쓴 기사가 옆에서 대답했다. 지난 전투에서 바샤를 호위했던 강철기사 요르만이었다.

"열의라……. 가끔 그런 것도 필요한 법이지."

얀키누스가 한쪽 입술만 비틀었다.

'저 소녀는 정말로 자신이 루의 은총을 받는다고 믿고 있다.'

깃발이 어느새 성벽에서 펄럭였다.

'무능한 소녀가 전장에서 살아남은 건 조그마한 운과 내 기사들의 호위 덕분일 뿐.'

황제의 자리에 있으면 온갖 부류의 사람을 보게 된다.

'통치자에게 가장 중요한 건 덕망도 지식도 아니다.'

할아버지와 아버지를 걸쳐 내려온 가르침이 있다. 얀키누스의 동공이 태양 깃발을 응시했다.

'오로지 중요한 건 사람을 보는 눈이지.'

아군과 적군을 구별하고, 범인과 영웅을 알아볼 줄 알면 된다. 그것만 할 줄 알아도 훌륭한 통치자다.

"내 한 가지 실수는 유릭을 적으로 보지 못했다는 거지."

얀키누스가 혼잣말을 했다. 유릭이 범상치 않은 인물이라는 건 알았으나, 그를 자신의 밑에 두고 다룰 수 있을 거라 생각했다.

"바샤가 또 공을 세웠습니다, 폐하."

전장을 지켜보던 요르만이 말했다. 바샤의 깃발이 펄럭인 곳부터 요새가 빠르게 무너졌다.

바샤를 따르는 병사들은 울컥하는 감정을 느꼈다. 딸 혹은 동생 정도 되는 어린 여자가 자신들 앞에서 싸우고 있었다. 차분한 병사들조차 끓는 감정을 주체하지 못하고 바샤를 따라 돌격했다.

"우아아아아아-!!"

바샤의 곁에 선 병사가 창을 깊게 뻗어서 북부전사를 찌르곤 재빨리 칼을 뽑았다. 평소보다 더 과감하고 공격적인 행동이었다.

"루께서 우리와 함께하십니다! 여러분! 저와 함께 싸웁시다! 루께서 제 귓가에 승리를 속삭였습니다!"

바샤가 힘껏 외쳤다. 위험에도 불구하고 그녀는 선두에서 물러나지 않았다.

'조금만 더, 여기서 조금만 더.'

바샤가 중얼거리며 머나먼 곳을 응시했다. 그녀의 눈은 피비린내가 물씬 풍기는 전장을 보지 않았다. 당장 창날과 화살이 쏟아지는데도 현실감각이 전혀 없었다.

'루께서 날 지켜주고 있어.'

희미한 웃음마저 흘러나왔다.

절정을 향해 달려가듯 그녀는 전장 깊숙이 들어갔다.

"우오오오오오오-!!"

북부전사가 도끼를 크게 휘두르며 바샤를 노렸다. 강철기사가 기다리고 있었다는 듯이 북부전사를 막아서며 바샤를 지켰다.

"바샤를 따르라아아아-!"

병사들이 소리를 지르며 요새 안의 잔당을 향해 달려들었다. 평민 여자가 전장의 선두에 서 있었다. 말단병사가 보기에 기적이나 다름없었다. 몇 번의 전투가 있었는데도 바샤는 번번이 선두에서 살아 돌아왔다.

북부전사들은 무기를 꼬나 쥐고 몰려오는 제국군을 바라

봤다.

"형제여."

"영광이었네."

남은 북부전사들은 서로의 등과 어깨를 맞대며 장렬한 최후를 각오하며 고개를 끄덕였다.

"야만인에게 루의 은총은 없습니다! 저들은 인간이 아니라 짐승이나 다름없습니다!"

바샤가 나오는 대로 말을 토해냈다. 그녀의 말은 일반적인 성직자와 전혀 달랐다. 고리타분한 사랑과 자비를 이야기하지 않았다. 병사들이 듣고 싶어 하는 말만 있었다.

태양전사단장 알프난만이 바샤를 보며 이맛살을 찌푸렸다.

'폐하께선 도대체 무슨 생각으로 저런 천한 여자를 전장에 내세웠단 말인가……'

신앙심이 깊진 않아도 알프난은 태양전사의 수장이다. 바샤의 입에서 나오는 말들은 태양교리와 전혀 맞지 않는 증오 발언이었다. 특히나 야만인에 대한 증오 발언은 시도 때도 없었다. 야만인 출신인 태양전사 입장에서는 몹시도 불편한 여자였다.

"루의 은총은 선량한 문명인의 것입니다!"

바샤가 깃발을 땅에 꽂으며 그 자리에서 무릎을 꿇었다. 지친 그녀의 어깨가 크게 들썩였다.

"오오오……."

전장에서 은빛갑옷을 입은 채로 기도하는 바샤의 모습은 한 폭의 그림 같았다. 많은 병사가 감명을 받아 기도문을 읊조렸다.

병사들은 바샤 덕분에 마음의 위안을 되찾았다. 제국에게 충성하지 않는 태양사제들은 북부전쟁이 비도덕적이라 루의 축복을 받지 못할 거라 말했다.

'그렇지 않아. 성직자들이 틀렸어. 루께선 여전히 우리 제국을 지켜주고 계신 거야. 바샤가 바로 그 증거인 거지.'

제국군은 북부와 제국의 중간지대에 있는 요새 셋을 점거했다. 그 전투에서 바샤는 매번 선두에서 활약을 했다. 그녀가 깃발을 드는 것만으로도 병사들의 사기가 크게 올랐다.

"선량한 자들이여! 우린 앞으로도 승리할 겁니다!"

승리에 취한 바샤가 성벽 위에 올라가더니 외쳤다. 붉게 상기된 얼굴은 색정적이었다. 병사들도 홀린 듯이 바샤를 쳐다봤다.

기사가 성벽에서 내려오는 바샤에게 말을 걸었다.

"바샤, 피 냄새를 지우고 깨끗한 옷을 입으시오. 폐하께서 그대를 저녁에 초대하셨소."

"기꺼이 가겠습니다."

바샤가 웃었다.

태양전사단장 알프난은 전투가 끝나자마자 얀키누스를 찾아왔다. 그는 갑옷에 묻은 피도 닦지 않았다.

　　"폐하, 바샤를 중용하지 마십쇼. 그 여자는 루의 은총을 받지 않았습니다."

　　알프난이 주변의 눈치를 살피다가 말했다. 아직 바샤가 얀키누스의 천막으로 오지 않았다.

　　"병사들 앞에서 그 말을 해보게. 아주 좋아하겠군."

　　얀키누스가 입을 가리며 낮게 웃었다.

　　"웃을 일이 아닙니다. 어디로 튈지 모르는 여자입니다. 자신의 입으로 루의 은총을 입었다고 말하고 다니게 놔둬선 안 됩니다. 무지한 병사들은 그 말을 곧이곧대로 믿을 테니까요."

　　알프난은 드물게 황제 앞에서 강하게 주장했다.

　　'당황하고 있군, 알프난.'

　　얀키누스는 느긋하게 물잔을 잡더니 가볍게 흔들었다. 물이 찰랑이는 소리가 났다.

　　"바샤가 병사들 사이에서 영향력을 얻으면 자네는 곤란하겠지. 바샤는 야만인을 증오해. 상대가 루를 믿든 아니든 상관이 없어. 그저 야만인을 죽이고 싶은 것뿐이겠지."

얀키누스의 눈동자가 알프난을 꿰뚫었다.

"그, 그건……. 그래서 문제라는 겁니다. 병사들은 그 여자가 성녀라고 믿고 있습니다."

알프난은 속내를 숨기지 않았다.

"병사들이 성녀라고 믿는다면 그렇게 믿게 놔두는 게 좋겠지."

"폐하!"

"내 판단을 의심하는 건가? 알프난?"

알프난은 입을 다물었다. 그는 얀키누스에게 뭐라 말할 처지가 아니었다. 지금 상황에서 태양전사단은 죄인이나 마찬가지였다. 알프난도 태양전사들도 그저 얀키누스의 아량 덕분에 자리를 보존하고 있었다.

"나 얀키누스가 충의와 신앙으로 무장한 전사들보다 그깟 미친 계집년을 더 믿을 것 같은가? 자네에겐 내가 그토록 분별없는 자로 보였나 보군!"

알프난이 황급히 무릎을 꿇었다.

"실언했습니다. 제 칼과 생명은 폐하의 것입니다."

"그럼 물러가라. 그대는 그저 나를 위해 싸우면 된다. 지금까지 그랬듯이."

"무례를 범했습니다. 적들의 피로 무례를 사죄하겠습니다, 폐하."

알프난이 고개를 숙여 예를 표하더니 뒷걸음질로 자리를 벗어났다.

얀키누스는 눈 위를 꾹꾹 누르며 피로를 풀었다.

'알프난은 작은 일에도 대범하지 못하고 집착하지. 그 덕분에 단장 자리까지 올라갔지만 그 이상은 되지 못할 놈이다. 그릇이 그 정도야.'

얀키누스는 바샤가 찾아올 때까지 눈을 붙였다. 그는 전장지휘뿐만 아니라 많은 외교사절을 이리저리 보내고 있었다. 한시가 급한 상황들인지라 제대로 쉬면서 편히 잠든 적이 없었다.

"폐하, 바샤가 찾아왔습니다."

시종은 얀키누스가 깨어날 때까지 속삭이듯 반복해서 말했다.

"바샤? 아아, 그래. 내가 식사 초대를 했지."

얀키누스가 눈을 깜빡이며 머리를 흔들었다.

"……폐하를 뵙습니다."

바샤는 남자처럼 바지를 입은 채로 천막 안으로 들어왔다. 황제와 마주하는데도 눈동자의 떨림은 없었다.

'난 루의 은총을 받은 자다. 속세의 지위보다 더 위에 있어.'

바샤는 당당하게 어깨를 펴고 자리에 앉았다. 전쟁터라고 믿기 힘들 정도로 호사스러운 요리가 식탁에 올라왔다.

"활약을 했으니 그에 걸맞은 대우를 해줘야지. 그게 내 방식이네, 바샤."

얀키누스가 송아지 고기를 손으로 뜯어서 입안에 넣었다. 바샤도 엉거주춤한 손놀림으로 얀키누스를 따라 음식을 먹었다.

"칭송받을 사람은 제가 아니라 루입니다, 폐하. 저는 그저 그분의 뜻에 따라 싸울 뿐이죠."

"루의 은총이라……. 성직자들이 아직 자네를 성자로 인정하지 않은 걸로 아는데?"

"성직자의 의견은 중요하지 않습니다. 제가 루의 목소리를 들었다는 게 중요한 것이죠."

바샤가 입가에 묻은 고깃기름을 닦으며 고개를 들었다.

"나도 딱히 성직자들을 좋아하진 않아. 항상 입바른 말만 지껄이지. 정작 행동으로 옮기지도 못하면서 말이야."

"폐하께서도 보셨을 겁니다. 제가 루의 은총을 받지 않았다면, 제가 어떻게 이런 일들을 해낼 수 있단 말입니까?"

바샤의 눈동자가 반짝이고 뺨은 붉었다.

얀키누스가 손가락을 쪽 빨며 키득키득 웃었다.

"……바샤, 나는 신의 축복을 받은 자들을 본 적이 있네. 진짜 신의 축복을 받은 자들은 견고하고 강인하지. 불가능할 거라고 생각한 일을 해내고, 담력과 결단력은 다른 사람들보다 몇 수는 앞서가지."

"저도 남들이 불가능하다고 말한 일을 해냈습니다. 제가 이번 전투를 승리로 이끌었죠."

바샤가 입술을 악다물었다.

얀키누스의 웃음은 더욱 커졌다. 그는 당장에라도 폭언을 저 낯짝에 내뱉고 싶었다. 네가 이뤘다고 생각하는 승리는 피를 흘린 기사와 병사의 것이라고.

'아직 쓸모가 많은 여자다. 저 멋모르는 말도 반쯤은 맞는 말이지.'

얀키누스는 물을 마셔 간지러운 목구멍을 식혔다.

"내가 아는 사내들 중에서는 신의 축복을 받은 듯이 비범한 자가 여럿 있었네. 그중 한 명에 대해 이야기해 주지."

바샤가 빵과 고기를 손으로 찢어먹으며 얀키누스의 말을 기다렸다.

"……불과 얼마 전까지만 해도 하늘산맥은 세상의 끝이었고 넘어선 안 될 금기였지. 태양사제들은 산맥 뒤에서는 공허한 절벽밖에 없다고 떠들었네. 하지만 나는 믿지 않았어. 저 바다 너머에도, 저 산맥 너머에도 다른 무언가가 있으리라 생각했지. 나는 위대한 업적을 세울 거라 들떠 있었네. 새로운 세계를 발견할 거라 확신했지. 그래, 새로운 세계는 존재했어. 하지만 그런 생각을 한 건 나만이 아니었네. 우리보다 먼저 단절된 세계를 오간 사내가 있었지."

"그자가 누구입니까?"

바샤의 물음에 얀키누스가 이를 드러내며 웃었다.

"약탈자의 수장, 유릭."

"흠."

유릭은 눈을 깜빡였다.

화살이 목에 꽂힌 소녀가 바닥에 쓰러져 있다. 핏물을 왈칵 왈칵 쏟아내는 소녀는 아직 살아 있었다.

"운이 나빴어, 그걸 맞다니."

유릭이 중얼거리며 소녀를 바라봤다. 주변에는 흐트러진 마차와 사내들이 있었다.

주변의 전사들은 약탈품을 정리해서 등에 짊어졌다. 그들은 휘파람을 부르며 숨을 헐떡이는 사내들의 숨통을 마저 끊었다.

연맹군은 잠시 흩어져서 주변을 약탈했다. 유릭도 전사들 일부를 이끌고 지나가는 상단을 기습했다. 화살 세례를 먼저 퍼붓고 돌격을 했는데 그 화살에 맞은 소녀가 있었다.

"쿨럭."

소녀가 유릭을 쳐다보며 피를 토했다. 피거품이 들끓으면서 듣기 싫은 소리가 났다.

유릭은 허리춤에 달린 도끼를 뽑았다. 그가 빙글빙글 도끼를 돌리며 소녀의 머리맡에 섰다.

"옛 생각이 나는군. 화살을 안 맞았다면 살려줄 수도 있었는데 말이야."

유릭은 쓰게 웃었다. 과거에 그는 소녀 한 명을 구해준 적이 있었다. 나무통에 숨어서 훌쩍이는 소녀가 죽지 않도록 도왔다.

'그 아이는 나한테 고마워하고 있을까? 아니면 가족과 마을을 파괴한 원수라고 생각할까?'

유릭이 도끼를 힘껏 내려쳤다. 목뼈가 끊어지는 소리가 났다. 소녀의 머리가 몸통과 떨어졌다.

"뭐, 아무럼 어때."

유릭이 바지에 도끼날을 비벼서 피를 닦았다. 그는 죽은 소녀를 뒤로하곤 약탈품을 챙긴 전사들을 바라봤다.

"돌아가자고. 갈 길이 멀어."

"오우!"

전사들이 무기를 들어 올리며 호탕하게 웃었다. 성공적인 약탈 덕분에 전사들의 얼굴에는 웃음이 피어났다.

으적, 으적.

유릭도 간만에 먹는 신선한 과일에 기분이 좋았다. 과즙이 턱까지 흘러서 뚝뚝 떨어졌다. 그는 힐끗 눈을 흘겨서 약탈당한 상단의 잔해를 한 번 더 바라봤다.

죽은 소녀의 머리가 보였다. 누군가 소녀의 머리통을 발로 걸어찼는지 한참 떨어진 곳에 덩그러니 있었다. 뜬 눈으로 죽은 소녀가 유릭을 바라봤다.

"원망하든 말든."

유릭이 중얼거렸다. 그는 다른 전사들처럼 시원스레 웃지 못했다. 약탈의 기쁨을 순수하게 즐기지 못했다.

유릭은 형제들의 등을 바라봤다. 서로 사람을 어떻게 죽였는지 자랑을 하고 있었다. 유릭은 가슴속에서 치미는 경멸과 혐오를 느꼈다.

'이건 옳지 않아.'

그런 생각이 문득 들었다.

어느 순간부터 유릭은 형제들과 다른 존재가 되었다. 그는 양심의 가책을 느꼈다.

"유릭?"

먼저 가던 전사가 걸음이 늦는 유릭을 바라봤다.

유릭을 본 전사가 움찔하며 황급히 시선을 돌렸다. 유릭은 살기등등한 눈으로 전사들을 보고 있었다.

'유릭이 왜 저런 눈으로 우리를 보는 거지?'

등에 도끼가 꽂힐 듯이 서늘했다. 전사는 애써 유릭의 눈을 보지 못한 척했다.

"피곤하군."

유릭이 눈을 감으며 고개를 절레절레 흔들었다.

'잘못 본 건가?'

전사는 눈동자만 돌려서 유릭을 다시 바라봤다. 연맹의 대족장은 평소대로였다. 진득한 살의는 착각이었던 것처럼 사라졌다.

유릭의 약탈대는 본대에 합류했다. 여러 곳에서 약탈을 마친 소부대들이 돌아왔다. 연맹군은 식량을 사흘 치 정도만 들고 다니면서 필요할 때마다 약탈을 통해 보급했다.

"대족장."

카타기가 유릭을 발견하자마자 허겁지겁 달려왔다. 카타기의 몸에는 특히나 피가 많이 묻어 있었다.

"제국의 보급부대를 발견했습니다. 제국군이 멀지 않은 듯합니다."

"포로는?"

"지금 올가가 심문하고 있습니다. 곧 제국군 본대의 위치를 실토하겠죠."

연맹군의 천막에서 찢어지는 비명이 퍼졌다. 포로로 잡힌 제국군들은 끔찍한 고문을 당했다.

유릭은 야영지를 가로질러서 고문하고 있는 천막으로 들어갔다.

기둥에 묶인 포로가 눈물 콧물을 다 흘리며 발발 떨고 있었다. 그 앞에 있는 올가가 단도를 쓱쓱 닦았다.

"금방 불지 않아도 돼. 나는 살가죽을 벗기는 걸 좋아하니까. 오래 즐길 수 있으면 좋지."

통역이 올가의 말을 포로에게 전달했다. 포로가 기겁하며
소리를 질렀다.

"읍!"

올가는 포로의 말을 듣지도 않고 입에 재갈을 물렸다. 이미
포로의 손톱 밑에는 가시가 박혀 있었고, 몸통의 살가죽은 일
부가 벗겨져 시뻘건 근육이 드러났다.

"뭐 알아낸 거라도 있어?"

유릭이 안으로 들어오며 시큰둥하게 물었다.

"이… 제부터 알아낼 생… 각이다."

"이제 말을 별로 더듬지 않는군."

"그쪽 말은 대강 익… 혔다."

"기회가 되면 이놈들의 언어도 익혀둬. 알아서 나쁠 건 없지."

"관심… 없어."

유릭은 어깨를 으쓱하며 포로를 바라봤다. 올가는 잔뜩 즐
길 생각인지 칼날을 예리하게 갈았다.

"올가, 포로 가지고 장난칠 시간 없어."

유릭이 손을 뻗어서 포로의 재갈을 잡았다.

뿌득.

유릭은 악력만으로 단단한 나무재갈을 부쉈다. 나뭇조각이
입술에 박힌 포로가 벌벌 떨며 유릭을 쳐다봤다.

"황제의 본대는 어디에 있지?"

"으으, 아아."

유릭은 포로가 생각할 시간을 주지 않았다. 포로의 뺨을 몇 차례 후려치며 더욱 거칠게 포로를 몰아붙였다. 포로가 말을 더듬을 때마다 손가락을 하나씩 부러뜨렸다.

"대가리 굴리지 말고 말해. 내 뒤의 사내까지 차례가 가면 차라리 죽는 게 낫다는 생각이 들걸?"

병사가 눈물을 뚝뚝 떨어뜨리며 고개를 끄덕였다. 그는 자신이 아는 걸 모두 실토하며 어린아이처럼 훌쩍였다.

"황제의 본대가 내려오고 있다고? 벌써 북부전선을 정리한 건가?"

유릭이 이맛살을 찌푸렸다. 황제가 내려오는 시기가 생각보다 빨랐다.

새로운 정보는 지휘관들에게 금방 퍼졌다. 포를카나-연맹군의 수장들이 천막 하나에 모여들었다.

"북부독립군과 싸우는 동안 뒤를 치는 게 가장 이상적이었는데……. 우리가 늦었군."

룽겔 공작이 혀를 찼다.

"늦진 않았어. 적어도 놓치진 않았으니까. 최악은 우리와 엇갈려서 황제가 하멜로 들어가는 거지."

"유릭의 말이 맞습니다, 공작."

바르카도 유릭의 말을 거들었다. 최악은 아니었다.

그러나 룽겔 공작은 내키지 않는 표정이었다.

"이번 상대는 황제의 친정군입니다. 제국의 정예란 정예는 모두 거기에 있을 겁니다. 카르니우스를 꺾었다고 해서 황제조차 쉽게 꺾으리라는 보장은 없습니다."

"그래서 도망가자는 이야기입니까?"

"그건 아닙니다만……. 신중히 하자는 이야기입니다."

여러 말이 오갔다.

"흐음……."

유릭의 진영에 있는 태양전사 하발드는 지도를 바라보더니 입을 열었다.

"제국군이 이렇게 북부를 빨리 정벌했을 리가 없소. 분명 주요 거점만 빠르게 점거하고 우리를 먼저 치러 온 거겠지. 거점마다 방어병력을 남겨야 했을 테니, 지금 황제의 본대는 약해진 상태일 거요."

북부전선에 대해 잘 아는 하발드가 그리 말했다.

"하발드의 말이 맞다면 우리가 기회를 놓쳐선 안 되지."

유릭이 싱글벙글 웃으며 다른 사람들을 쳐다봤다.

'마지막 전투다.'

유릭은 전쟁이 지긋지긋했다. 의미 없이 약탈하고 사람을 죽이는 것도 멈추고 싶었다.

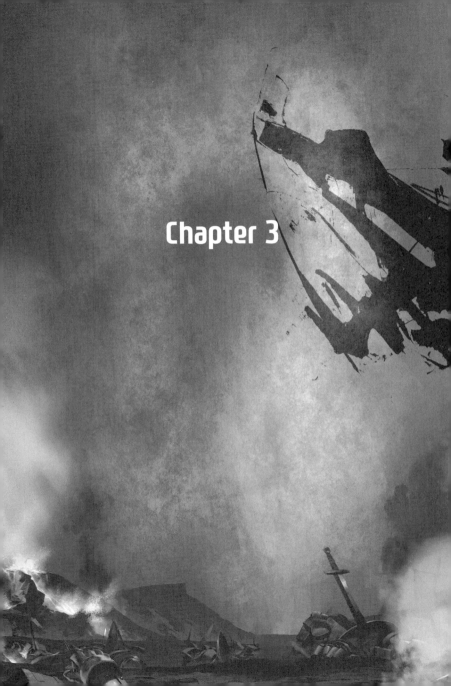

Chapter 3

얀키누스가 이끄는 본대는 하멜을 향해 돌아가고 있었다. 북부의 요새에는 당분간 버티기에 충분한 병력과 물자를 남기고 왔다.

"우리에게 중요한 건 시간이지."

얀키누스가 말에 올라탄 채로 중얼거렸다.

소모전이 길어질수록 약탈자들은 휘청거릴 터다. 드넓은 제국의 영토에서는 아직도 많은 병력이 남아 있었다. 집결하는 데 시간이 오래 걸릴 뿐이었다.

'카르니우스가 당한 게 치명적이로군. 병력을 잃은 것도 문제지만 유능한 장군이 죽은 게 더 큰 일이다.'

마땅한 인물이 없었다. 그간의 폭군 같은 통치 덕분에 유능하고 경험이 많은 장군들은 황제를 좋아하지 않는다. 그런 자들에게 통솔권을 줬다가는 반란을 일으킬지도 모른다.

'카르니우스는 나를 싫어하더라도 제국을 등지고 반란을 일으킬 사내는 아니었어. 그래서 병력을 맡길 수 있었지.'

얀키누스의 뇌리에서는 여러 인물의 이름이 스쳐 갔다.

"노야가 그립군. 큭큭."

어깨가 들썩였다. 검귀 페르젠은 황제 얀키누스에게도 절대적인 존재였다. 마치 아버지처럼 위대한 인물이었다.

'옛날에는 어떤 문제가 생겨도 노야에게 맡겼으면 금방 해결되었는데 말이지.'

다그닥, 다그닥.

얀키누스의 말은 주인이 고삐를 잡지 않아도 조심스레 발을 알아서 내디뎠다.

검귀 페르젠은 얀키누스의 성장을 옆에서 지켜봤으며, 얀키누스의 부친과 절친한 사이이기도 했다.

'노야가 있었다면 이렇게 내가 수세에 몰렸을까?'

가정은 무의미하다.

행방불명이라곤 하지만 검귀 페르젠은 아마 죽었을 것이다. 원정 중에 사람이 행방불명되는 일은 흔하다. 어쩌면 죽음을 직감한 페르젠이 스스로 자취를 감췄을지도 모른다.

얀키누스는 이런저런 생각을 하다가 고개를 들었다.

'아주 신이 나서 돌아다니는군, 바샤.'

바샤가 병사들 사이를 오가고 있었다. 그녀는 황제가 내린 백마를 타고 있었다. 의장용에 가까운 갑옷은 장식이 많아서 화려했다.

어차피 바샤는 이목을 끄는 역할이다. 그녀의 갑옷은 실용성이 없으며, 타고 있는 백마조차 그저 나이가 많아서 털이 하얗게 변한 것뿐이었다. 군마로는 실격이다.

바샤는 물가를 지나다가 비친 자신의 모습을 바라봤다. 반짝이는 갑옷과 멋들어진 백마를 탄 자신이 보였다.

"아아."

바샤는 웃으면서 옅은 감탄을 흘렸다.

'루께서는 나를 사랑하고 계셔. 높으신 분들, 황제폐하까지도 나를 인정하고 있지. 루께서 지켜보신다는 증거야.'

기묘했다. 온몸이 붕 뜬 느낌이었다. 칼에 찔려도 아프지 않을 것만 같았다.

"아가씨, 제게 축복의 한마디만 해주십쇼."

병사가 바샤에게 다가오며 말했다. 바샤는 성직자라도 된 것처럼 병사의 투구에 손을 대곤 축언을 외웠다.

"루의 은혜가 있으니, 화살과 창날이 그대를 피해갈 겁니다."

그 모습을 본 다른 병사들이 바샤의 축복을 받기 위해 하나둘씩 모여들었다.

"맙소사, 사제도 아닌 이가 축복을 준다니!"

종군사제가 화를 내며 바샤에게 다가가려 했다. 이미 태양 사제들은 바샤를 좋게 보지 않았다. 바샤가 수도사 한 명을 죽였다는 걸 모르는 사람은 없다.

'결코 아녀자를 겁탈할 사람이 아니었어. 건실한 수도사였지.'

그러나 황제와 제국군은 바샤를 옹호했다.

"나를 막는 겁니까?"

태양사제가 기사들을 쳐다봤다. 바샤의 호위기사들은 사제가 접근하지 못하도록 그 앞을 막아섰다.

"폐하의 명입니다. 저 아가씨가 하는 일에 간섭하지 마십쇼, 사제님."

"사제도 아닌 이가 멋대로 루의 이름을 빌려 축복을 행사하고 있습니다!"

기사들은 고개를 저으며 사제를 계속 막아섰다. 사제가 투덜거리며 자신의 자리로 돌아갔다.

사제들은 그나마 자신들과 가까운 사이인 태양전사단장 알프난을 찾아가 불만을 토로했다.

"교황성하께서 이 자리에 있었다면 당장 저 여자를 마녀라고 말했을 겁니다. 알프난 단장께서도 저 여자의 오만한 행동을 보고만 있을 겁니까?"

알프난도 곤란한 건 마찬가지였다. 태양전사단은 태양교와 가까운 사이였다. 그러나 그들이 충성하는 건 어디까지나 황제다.

'폐하를 거스를 순 없지.'

알프난이 사제들을 달래며 속삭이듯 말했다.

"이용가치가 있는 여자라서 저렇게 두는 겁니다. 폐하께서도 저 여자가 성녀라고 생각하진 않습니다."

"그렇다면 당장 저 여자를 쫓아내야 맞지 않습니까? 저런 여자를 계속 군에 뒀다간 루께서 우리의 편을 들어주지 않을 겁니다. 이렇게 제국이 수세에 모인 것도 신앙심이 부족한 이들이 군대를 지휘해서가 아니겠습니까!"

사제의 분노를 들은 알프난의 입가가 씰룩였다.

"그 입을 다른 사람 앞에서 함부로 놀리면 안 될 겁니다, 사제님. 전쟁터에서 싸우는 건 당신들이 아니라 칼을 들고 피를 흘리는 사람들입니다. 그 신앙심과 기도만으로 전쟁에서 이길 수 있다면 어디 한번 해보시죠."

알프난이 이를 악물며 화를 냈다. 누가 뭐래도 승리의 공은 피와 땀을 흘려 싸우는 자들의 것이다. 그도 바샤를 좋아하진 않지만, 적어도 바샤는 전장의 선두에서 목숨을 걸고 있었다. 누구처럼 뒷짐만 지며 떠들지 않았다.

"아, 알프난 단장. 다, 당신은 루께 몸과 마음을 바친 태양전사이지 않습니까! 어떻게 그런 말을 할 수 있습니까!"

"무례에 대한 죄는 전쟁이 끝나고 나서 치르겠습니다. 지금 우리에게 중요한 건 전투에서 이기는 겁니다. 설사 제정신이 아닌 자의 힘이라도 필요하다면 빌리겠습니다."

알프난이 사제의 어깨를 치며 지나갔다. 궁지에 몰린 건 그도 마찬가지다. 전투에서 패하면 모든 걸 잃는다.

쏴아아아아!

비가 쏟아졌다. 여름의 장마가 호되게 사내들의 어깨를 두드렸다. 온몸이 끈적끈적해서 불쾌했다.

유릭을 팔짱을 끼고 진탕으로 변한 평야를 바라봤다. 유릭의 군대는 평야에서 떨어진 숲에 주둔하고 있었다. 제국군이 온다면 이 평야로 지나갈 게 뻔했다.

카타기가 젖은 머리를 뒤로 젖히며 유릭에게 다가왔다.

"병든 자가 많습니다."

습하고 여름이었다. 숲에 주둔하고 있으니 빗물이 발목까지 잠기다시피 했다.

'다들 지쳤군.'

유릭이 뒤를 돌아봤다. 주둔지는 스산했다. 비가 쏟아져서 전사들이 천막 바깥으로 나오지 않았다. 간간히 바깥으로 나오는 전사들도 어깨가 축 늘어져 걸음걸이가 불안했다.

강인한 부족전사들도 한계에 달했다. 육체적으로나 정신적으로나 휴식이 필요했다. 야영이 아니라 정착해서 휴식을 취하며 여독을 풀어야 했다.

잠잠했던 열병이 전사들 사이에서 다시 번져 갔다. 뱀교의 환약도 떨어져 갔다.

"카타기, 마지막 전투라고 말하고 독려해. 여기서 황제를 잡으면 전쟁도 끝이다."

카타기가 고개를 끄덕였다. 그는 비를 맞으며 주둔지로 돌아갔다.

유릭이 계속 평야를 응시했다. 제국군이 지나가려면 여기밖에 없었다.

철퍽.

유릭은 언덕 위로 올라가 진흙탕에 주저앉았다. 비 때문에 머리카락이 폭삭 젖어서 귀신같은 몰골이었다.

"후우."

유릭이 숨을 내뱉었다. 그가 칼을 뽑아서 바닥에 깊게 꽂았다. 칼날이 움푹 들어갔다.

'기름진 땅이다. 우리에게 유리해.'

기름진 땅이 비를 머금으면 늪처럼 변한다. 갑옷을 입은 자들이 걸을 때마다 발이 움푹움푹 들어가며, 기병들은 자신들의 기동력을 살리지 못한다.

'내 생각대로라면 황제는 아직 우리의 동태를 읽지 못했을 거야.'

포를카나-연맹군은 드물게 제국을 상대로 정보전에서 앞섰다. 그들은 먼저 상황을 알고 유리한 곳에서 싸울 수 있는 기회를 얻었다.

'전사들이 지쳤어.'

고된 전투의 연속이었다. 대륙을 가로지르다시피 하며 강행군을 반복했다. 보통 병사들이었다면 진작 나가떨어졌을 것이다.

"······나도 지쳤지."

유릭이 가슴을 매만졌다. 다 타버린 재처럼 가슴이 식었다. 뜨거운 열망이 좀처럼 불붙지 않았다.

'나는 전쟁에 대한 회의감을 느끼고 있다. 좋은 신호는 아니야.'

마음 같아서는 전쟁을 그만두고 싶었다. 그저 승리의 고지가 눈앞에 있기에 의무적으로 나아갔다.

유릭은 인기척에 뒤를 돌아봤다. 바르카가 나뭇가지를 부러뜨리며 숲을 빠져나왔다. 어느새 그럴싸한 청년이 된 바르카다. 푸른 눈동자가 유릭을 바라봤다.

"유릭, 아무리 너라도 이렇게 비를 맞으면 몸살이 날걸?"

바르카가 자신의 망토를 풀어 헤쳐서 유릭의 머리와 어깨에 씌웠다. 기름을 먹이고 그 위에 녹인 밀랍을 발라서 방수 처리한 망토였다. 빗물이 톡톡 떨어지면서 망토의 결을 따라 흘러 내렸다.

"황제를 잡으면 전쟁이 끝나겠지?"

유릭이 물었다. 비 때문인지 목소리가 흩어지듯 불안했다.

"너도 봤잖아? 제국의 권력은 황제에게 몰려 있어. 지방영주들도 오십여 년 전에 멸망한 공국과 왕국의 후손들이지. 황권이 무너지면 제국도 같이 무너져."

바르카도 유릭을 보는 방향을 같이 쳐다봤다.

"그렇겠지."

유릭도 알면서 물었다. 그만큼 그는 전쟁을 끝내고 싶었다.

"고트발 수사님이 널 좋아하더군. 많이 걱정하고 있어."

"자신이 세례를 직접 내려서 그런 거야. 어떻게든 루를 믿게하고 싶은 모양이더군. 나를 시작으로 서부 전체를 개종시킨다면 굉장한 업적이 되지 않겠어? 역사에 길이 이름이 남을 성인이 되겠지."

"너도 알겠지만 업적 때문에 그러실 분은 아니야."

"농담이야. 고트발은 그냥 우직한 성직자인 거지."

바르카가 유릭 옆에 나란히 앉았다. 푸른 눈동자가 유릭을 응시했다.

"나도 네가 루를 믿었으면 좋겠어. 나는 종종 꿈을 꿔. 포를카나의 함대가 머나먼 항해 끝에 동대륙을 발견하는 꿈이지.

하지만 그곳에 너는 없었어."

유릭이 웃음을 터트렸다.

"내가 무얼 믿든 무슨 상관이 있다고 다들 이 난리를 치는 거야?"

"다들 너를 좋아하니까 그런 거야. 고트발 수사님도, 나도, 너를 걱정하는 거지. 네 영혼이 안식을 찾길 바라고 있어."

유릭이 조용히 고개를 들어서 바르카를 쳐다봤다. 푸른 눈 동자는 종교적 열망으로 반짝이고 있었다. 두말할 것도 없이 바르카는 루의 독실한 신도다. 동대륙 탐험이 루가 내려준 자신의 사명이라 믿고 있었다.

"나는 루를 믿을 수 없어."

유릭이 태양 목걸이를 매만지며 말했다. 고트발의 목걸이를 차고 있었지만 그 어떤 믿음이 있는 건 아니었다.

"그럼 울가로를 믿는 거야?"

바르카가 고운 미간을 찌푸리다가 한숨을 쉬었다.

'따지고 보면 유릭이 어떤 신을 믿든 내가 참견할 일은 아니지만……'

유릭은 잠시 침묵하다가 대답했다.

"한때는 믿을 뻔했지. 나를 여러 번 구해줬거든."

유릭은 울가로의 그림자를 떠올렸다. 종종 울가로가 유릭을 향해 무어라 외쳤다.

"아니면 다른 전사들처럼 하늘을 칭송해?"

"글쎄."

유릭은 그저 웃으며 비가 떨어지는 평야만을 바라봤다.

유릭의 애매한 대답에 바르카는 입술을 씰룩거렸다.

"결국 우린 루를 믿을 수밖에 없어, 유릭. 너는 오만하게 신을 직접 선택하려고 하고 있지. 그건 잘못된 거야. 우린 신을 선택할 자격이 없어. 그저 믿고 따르는 거지."

"너는 좋은 친구야."

유릭은 별다른 대꾸도 없이 그렇게 중얼거렸다. 바르카는 한숨을 쉬며 자리에서 일어섰다.

"신의 사랑을 받는다고 오만하게 굴지 마. 우린 신 앞에서 겸손해야 돼, 유릭. 네가 옳은 길을 찾았으면 좋겠어."

바르카는 유릭을 위해 낮게 기도하곤 주둔지로 돌아갔다.

황제의 군대는 수도를 향해 남하하고 있었다.

"빌어먹을, 장마가 겹쳤군."

태양전사단장 알프난이 투덜거렸다. 옷 사이로 스며드는 습기 때문에 온몸이 찝찝했다. 피부가 탱탱 붓는 느낌이었다.

덜컹, 덜컹.

말들은 갑옷과 물자를 실은 수레를 질질 끌고 진흙탕을 돌파하고 있었다. 무게 때문에 바퀴가 자주 빠져서 결국엔 종자들이 갑옷을 직접 짊어지고 움직였다. 무장을 하지 않은 보급병의 옷은 흙으로 범벅이었다.

"조금만 가면 제국도로가 나온다!"

선두에 선 보급장교가 외쳤다. 보급병들이 수레를 밀고 당기며 움직였다.

제국도로에 도착한다면 상황은 나아질 것이다. 잘 닦은 도로는 이 정도 장마로도 끄떡없다. 수레들이 도로를 타게 되면 행군속도도 배는 빨라진다.

"웃차!"

보급병들이 비와 섞인 땀을 흘리며 수레를 힘껏 밀었다. 진흙탕에 처박힌 수레바퀴가 빠지면서 말이 힘차게 수레를 끌고 전진했다.

"후우, 후우."

보급병들이 진흙탕에 주저앉으며 숨을 가다듬었다.

쉬고 있는 보급병들을 향해 누군가가 접근했다. 보급병들이 화들짝 놀라서 벌떡 일어섰다.

"폐, 폐하!"

"앉아서 쉬게. 제국은 그대들의 노고를 잊지 않을 거네."

황제 안키누스가 병사들을 치하하며 지나갔다. 말단병사들조차 황제의 얼굴과 목소리를 모르는 사람은 없었다. 그만큼 얀키누스는 병사들과 가까이 행동했다.

잔혹하게 귀족들을 쥐어짜는 얀키누스조차 군대에겐 늘 후하게 굴었다.

'군대를 가깝게 두라. 늘 아버지가 하던 말이지.'

얀키누스는 선대 황제들의 가르침을 항상 실천했다. 확장과 방어, 그리고 반란조차 모두 군대의 힘이 필요한 일이다.

'하멜에서 남은 병력을 수습한 뒤에 포를카나와 약탈자들을 치면 된다. 날 도울 왕국도 있어.'

얀키누스의 머릿속에는 이미 그림이 완성되었다.

'생각대로 되는 일은 없다지만, 계획을 세우지 않는 것보다야 낫지.'

얀키누스는 말을 몰아서 다시 지휘관들 곁으로 돌아갔다. 지휘관들도 비 때문에 꼴이 말이 아니었다. 시간적 여유가 있었다면 지금 같은 시기에 진군하지 않았을 터다.

"합류하기로 했던 보급대가 없습니다. 아마 장마 때문에 늦어지는 모양입니다."

"병참은 충분한가?"

"배급을 한 끼 정도 줄이면 충분할 겁니다. 곧 평야라서 말들은 풀을 뜯게 하면 됩니다."

보급참모가 빠르게 대답했다.

"그럼 문제가 없군. 오늘 내로 제국도로를 탄다."

얀키누스가 단호하게 말했다. 장마의 진흙탕을 헤치고 하루 만에 제국도로까지 가는 건 강행군이었다. 하지만 황제는 물론이고 지휘관들도 진흙탕에서 하루 더 머무는 것보다 강행군이 낫다고 판단했다.

빗줄기가 거세졌다.

후두둑.

얀키누스는 어깨에 손을 뻗어서 망토자락을 여몄다.

부지런한 제국군은 지휘관들의 생각보다 더 빨리 제국도로에 진입했다. 날이 저물기 전에 휴식을 취할 수 있을 것 같았다.

"폐하! 하멜에서 온 전령이 왔습니다! 하멜이 공격받고 있다고 합니다!"

기사가 뛰어와 말했다. 그 뒤에는 막 도착한 전령이 숨을 헐떡이고 있었다.

"공성전을 하고 있다는 건가?"

"그렇습니다, 폐하."

"수비대장 사르반은 그렇게 쉽게 당할 사내가 아니다. 신중하게 성벽을 지키겠지."

얀키누스는 당황하지 않았다. 오히려 입꼬리가 살짝 올라갔다.

"그렇다면 놈들의 뒤를 칠 기회입니다. 공성전을 벌이고 있는 틈을 타서 뒤를 치면 놈들은 제대로 싸우지도 못할 겁니다.

"생각보다 빨리 도로까지 왔으니 남은 시간 동안 더 움직여서 거리를 좁히는 게 좋을 것 같군요."

기사들이 조언을 했다. 얀키누스는 그들의 의견을 귀담아 들었다.

"계속 움직여라! 날이 저물 때까지 이동한다!"

기사들이 말을 타고 주변을 돌아다니며 외쳤다.

제국군은 여기서 휴식을 취하지 않고 제국도로를 따라 계속 움직였다. 하멜이 공격당하는 소식에 흥분한 기사와 병사들도 많았다.

'하멜을 우습게 본 건가? 하멜을 상대로 공성전을 걸어? 무슨 방책이라도 있는 건가?'

상대는 유릭과 바르카다. 하멜을 공략하는 게 얼마나 힘든지 그들도 알 터다.

'자칫하면 자신들의 병력만 낭비하는 셈이다. 포위를 하더라도 하멜에 비축된 물자면 충분히 버틸 수 있어. 소모전으로 가면 우리가 유리한데 장시간 포위로 하멜을 말려 죽인다는 건 불가능한 이야기지.'

얀키누스는 습관적으로 말을 타며 머리를 계속 굴렸다. 그는 상대의 입장에서 생각하며 결론을 도출하려고 했다.

'유릭과 바르카에게 하멜을 공략할 다른 방법이 있다는 소

리다. 내가 모르는 하멜의 약점이 있었던가?'

얀키누스는 고개를 들었다. 그는 좀 더 근본적인 사고를 했다.

'내가 만약 저들이라면…… 지금 상황에서 하멜을 칠까?'

전쟁에서 확실히 우위를 잡을 만한 더 쉬운 방법이 있었다. 머릿속에서 번개가 쳤다.

"하멜에서 온 전령을 데려와라!"

얀키누스가 소리를 치며 삿대질을 했다. 아까 전에 도착했던 전령이 황급히 말을 타고 도주하려 했다.

피슉!

쇠뇌병이 도망가는 전령의 말을 맞혔다. 낙마한 전령은 다리가 부러져서 절뚝거렸다. 그는 단도를 꺼내더니 자신의 목에 들이밀어서 자결하려고 했다.

"잡아!"

병사들이 전령을 덮쳐서 팔다리를 붙잡아 제압했다. 얼굴이 퉁퉁 부은 전령이 얀키누스 앞에 쓰러졌다.

"너 제국의 전령이 아니로군."

"큭, 큭큭."

전령이 낮게 웃었다. 얀키누스는 그가 포를카나의 기사라는 걸 알았다. 충성심 높은 말단기사가 목숨을 걸고 온 것이다. 분명 자신이 죽더라도 가문의 부흥을 바르카 왕이 약속했을 것이다.

"우리를 속이기 위해서……."

얀키누스가 중얼거리며 지휘관들을 불렀다.

"갑옷을 입고 무장을 해라. 우린 이미 저들의 영역에 들어왔다."

제국군의 무장이 끝나기도 전에 뿔나팔 소리가 길게 퍼졌다.

"적입니다! 적이 나타났습니다!"

제국도로에서 멀지 않은 숲이 있었다. 그 숲에서는 무기를 든 전사들이 모습을 드러냈다. 쏟아지는 빗줄기를 맞으며 전사들이 의기양양하게 걸어오다가 하나둘씩 뛰기 시작했다.

"오, 오오오오오-!!"

곧 빗소리조차 지울 정도 커다란 전투함성이 제국군까지 쩌렁쩌렁 퍼졌다.

제국군은 전투태세를 마치기도 전에 적들과 마주해야 했다.

제국도로는 이두마차 두 대가 지나갈 정도의 폭이다. 그 도로를 따라서 제국군이 줄지어 길게 늘어져 있었다.

'진영을 갖추기에 불리하다.'

기사들은 황급히 종자를 불러서 흉갑이라도 착용했다. 중장보병들도 필요한 무구만 챙기곤 자신의 직속지휘관 옆에 모여들었다.

최악의 상황에서 기습을 당한 셈이었다. 도로를 따라 움직이느라 행군대열은 가늘고 길었다. 지금 측면을 공격당한다면 제대로 대열조차 갖추지 못하고 무너질 터다.

제국군은 훈련이 잘된 군대인지라 지휘관의 명령 없이도 알아서 소부대 단위로 모여들었다.

"진을 꾸려 전진해라! 후열이 진영을 갖출 때까지 버텨!"

상급지휘관이 소리를 질러댔다. 직업군인인 중장보병들은 빠르게 동료를 찾아 방진을 꾸렸다. 그들은 다가오는 야만인들과 대응할 준비를 했다.

"제대로 당했군."

얀키누스가 말고삐를 잡아당기며 전황을 살폈다. 갑작스러운 기습에도 그의 눈동자는 떨림 하나 없었다.

'비가 오는 데다가 일렬로 길게 늘어져서 명령전달이 늦다. 잘 훈련된 병사와 야전지휘관들의 임기응변을 믿어야 돼.'

제국군의 장점은 언제나 통일된 전략전술이다. 조직된 전투에는 강했지만 난전이 벌어지면 중무장한 야만인보다 나을 게 없었다.

'땅이 질척해서 기병 운용은 힘들어. 이걸 노리고 공격한 거겠지.'

철저하게 야만인들이 유리한 지형과 상황이었다.

'전투의 기본이다. 자신이 유리한 상황에서 싸울 것.'

얀키누스가 쓴웃음을 흘렸다.

"나를 노리다니 과감하군."

중장보병들은 소수지만 진영을 유지하며 들어오는 야만인들을 맞받아쳤다.

콰직!

병장기가 부딪히며 거친 소리가 났다. 살과 근육이 찢어지고, 고통에 젖은 비명이 사방에서 터져 나왔다.

"우-우-우-우-우!"

사기가 잔뜩 오른 전사들이 사정없이 제국보병들을 찢어버렸다. 제국군은 전투준비가 미처 끝나지 않은 터라 사방에서 덮쳐오는 야만인들의 공격에 전부 대응하지 못했다.

철컹, 철컹.

선봉으로 나선 전사들 말고도 뒤에서 제대로 진을 갖추고 전진하는 무리가 있었다. 포를카나의 군대였다.

포를카나 군대는 중앙군을 맡으며 진을 갖추고 전진했다. 연맹군은 좌우로 벌어지면서 난전을 유도하며 별동대 역할을 했다.

경무장을 갖춘 제국병사들부터 전투에 나섰다. 뒤늦게 쇠뇌병들이 화살을 쐈지만 개별적인 사격인지라 큰 효과는 보지 못했다.

"속전속결이다. 시간을 주지 마라! 단숨에 밀어버려!"

유럭이 앞을 향해 칼을 뻗었다. 파도처럼 뛰쳐나가는 전사의 물결 사이에서 유릭은 걷고 있었다.

"후우."

빗방울조차 뜨겁게 느껴질 정도로 공기가 달아올랐다. 유릭의 숨결이 습한 공기를 타고 흔들렸다. 무기를 꼬나 쥔 전사들은 태초의 모습 그대로 전장에 뛰어들었다. 알몸이거나 끽해야 가죽만 걸친 전사들이 수두룩했다.

푹, 푹.

유릭도 걸을 때마다 발바닥이 끈적끈적하게 무거웠다. 그는 신발을 벗어 던지곤 맨발로 진흙탕 위를 걸었다.

피로에 절어 있던 전사들도 사기를 짜내다시피 하며 끌어올렸다. 그들도 자신들이 유리한 상황이라는 걸 알았다. 유리할 때 몰아쳐야 한다는 건 경험으로 알고 있었다.

끼릭, 끼릭.

제국의 쇠뇌병들은 비가 오는 터라 장전에 애를 먹었다. 습기를 머금은 쇠뇌는 평소보다 둔하고 무거웠다.

피슛!

병사들은 쇠뇌를 두서너 발도 쏘지 못했다. 눈앞에 나타난 야만인들은 사정거리가 되자마자 도끼들을 마구잡이로 던져 댔다.

"카악!"

반원을 그리며 날아간 도끼는 병사들의 머리와 가슴에 맞왔다. 전사들은 민첩하게 떨어진 도끼를 회수하곤 그대로 내달렸다.

야만인의 물결이 제국군을 뒤덮었다. 제국군은 이미 쪼개지고 고립된 병력들과 합류하는 걸 포기하고 황제를 중심으로 모여들었다.

키-잉!

고립된 제국군 틈에서 깃발 하나가 크게 흔들렸다.

"우린 이길 수 있습니다!"

갑옷도 입지 않은 바샤가 외쳤다. 그녀는 천옷만 입고 깃발을 높게 들며 기도문을 읊었다.

"위험합니다! 아가씨!"

병사들이 바샤를 제지하려고 했다. 바샤는 그런 병사의 손을 거부하며 태양 깃발만 높게 들었다.

"루께서 우리를 지켜줄 겁니다. 우린 야만인들에게 패하지 않습니다. 제가 있는 한 루께서 그런 패배를 용납하시지 않을 겁니다!"

바샤의 적금발이 길게 흩날렸다. 그녀는 숨을 크게 들이마시며 자신을 따르는 병사들을 이끌고 야만인 부대와 부딪혔다.

바샤의 주변에는 그나마 제국군이 많이 모인 상태였다. 황제가 유능한 기사를 바샤에게 붙여둔 터라 지휘력도 좋았다.

"방패를 뭉쳐서 들어라! 저들은 난잡한 짐승일 뿐이다!"

바샤의 호위기사들이 방패를 들며 병사를 이끌었다. 갑옷을 입지 않아도 방패와 칼만 있으면 한 사람의 몫을 해낼 수 있다. 방패를 겹친 제국군은 한 걸음씩 전진하며 벌 떼처럼 달려오는 야만인들을 쳐 냈다.

'저기에 황제가 있는 건가?'

유릭은 높게 솟은 태양 깃발을 바라봤다. 유독 병사들이 그쪽에 많이 붙어서 진을 이루고 있었다.

'황제를 놓쳐선 안 돼.'

무너지는 제국군들 중에서 제대로 저항하는 무리가 몇몇 있었다. 그들 중에 황제가 지휘하는 군대가 있을 터다.

"흡!"

유릭이 숨을 멈추며 도끼를 크게 휘둘렀다. 그의 도끼가 덤벼오는 병사의 가슴을 크게 갈랐다.

'무장도 제대로 하지 않는 병사다.'

유릭은 의아한 얼굴로 쓰러진 병사를 바라봤다. 단순히 시간이 없어서 무장을 못 한 게 아니었다. 옷이 지저분하고 몸은 바짝 말라서 군인으로 보이지 않는 병사였다.

'농노병인가?'

사기가 무척이나 낮을 징집병들이 전사들을 상대로 달려들었다. 마구잡이로 휘두른 무기에 죽는 전사도 있었다.

"이런 상황에서 징집병이 달려들어?"

유릭이 고개를 갸웃하며 병사의 몸에 박힌 도끼를 뽑아냈다. 지금까지 전례가 없던 일이었다.

'우린 기습에 성공했어. 통제를 잃은 징집병들은 도망가도 이상하지 않을 상황이다.'

그런데도 주변의 병사들은 좀처럼 물러나지 않고 꾸역꾸역 싸웠다.

"유릭, 이놈들 봐봐. 미친놈들처럼 덤비는데? 원래 이런 놈들이 아니었잖아?"

유릭보다 앞에 있던 전사가 병사의 잘린 머리를 들어 올리며 말했다. 피로 범벅이 된 얼굴은 웃고 있었다.

"이상할 정도로 들러붙는군. 도망가느라 바쁠 줄 알았는데 말이야. 눈먼 쇠붙이에 죽지 않도록 다들 조심해."

유릭이 자신의 목을 노리는 창을 쳐 내곤 앞발을 뻗었다. 유릭의 발차기에 맞은 병사가 허공에 붕 뜨더니 다른 병사들과 함께 처박혔다.

유릭의 곁에는 연맹에서도 내로라하는 전사들이 붙어 있다. 각자 자신의 부족에서는 전사장 정도는 되는 자들이었다.

"제기랄, 겁쟁이들이 아니었어? 쿨럭."

앞서가다가 배에 창을 맞은 전사가 있었다. 내장이 창날과 얽혀서 뒤로 빠져나와 있었다. 유릭은 피비린내가 풍기는 전장 너머의 깃발을 바라봤다.

'태양이 그려진 깃발.'

황제의 깃발은 아니었으나 저기에 황제가 있을 지도 모른다. 이 근방의 저항은 보통이 아니었다.

"우우우우우!"

천옷을 입고 창만 든 병사가 유릭을 향해 힘껏 달려왔다.

"뭐 때문에 이렇게 열심히 싸우는 거지?"

문명군대는 기사와 전문군인을 제외하곤 병력의 사기와 질이 떨어진다. 징집병들은 그저 머릿수를 채우는 용도에 불과했다. 문명군대의 숫자는 전투병 2만이라도 실질적인 전투를 맡는 이는 그 절반도 되지 않는다.

"아아아아아—!!"

전장에 어울리지 않는 고음의 목소리였다. 얼핏 들으면 소년병의 비명 같기도 했다.

"여자?"

유릭이 말을 탄 소녀를 보곤 헛웃음을 터트렸다. 오랫동안 전장에 몸을 담은 유릭조차 처음 보는 이질적인 광경이었다.

벨루아처럼 남정네 여럿을 두들겨 팰 것 같은 체격도 아니고 그냥 가녀린 소녀에 불과했다. 악에 받친 소녀가 무어라 소리를 질러대며 병사들을 독려했다.

바샤를 따르는 병사들은 하층민 출신이 많았다.

"우린 승리할 겁니다! 야만인들은 루의 자식에게 손을 대지 못합니다! 먹구름은 걷히고 태양이 뜹니다!"

바샤의 목소리가 쉬다시피 했다.

쉬- 익!

가까이 접근한 전사가 바샤의 얼굴을 향해 창을 던졌다. 창을 맞은 바샤가 뒤로 고꾸라지며 낙마했다.

"아가씨!"

멀리 있는 병사들은 낙마한 바샤가 죽었을 거라 생각했다. 그들이 보기에는 창에 머리가 꿰뚫린 듯했다.

"아……."

땅에 떨어진 바샤가 눈을 떴다. 뺨이 화끈화끈했다. 쏟아지던 빗방울은 서서히 잦아들더니 조각난 구름 사이로 햇살이 조금씩 모습을 드러냈다.

"바샤!"

호위기사들이 바샤의 팔을 잡으며 뭐라 외쳤다. 바샤는 귀가 먹먹해서 멍하니 하늘을 쳐다봤다.

"일어나십쇼! 바샤! 후퇴해야 합니다!"

기사들이 바샤를 붙잡아 일으켜 세우며 말했다. 울리던 목소리가 점차 선명해졌다.

"루, 루께서 우리를 보고 계십니다. 저길 보세요. 태양이 우리를 비추고 있습니다!"

바샤가 입술을 파르르 떨며 외쳤다. 그녀의 뺨은 창날에 찢겨서 피가 턱을 타고 흘러내렸다.

"지금은 후퇴해야 할 때입니다."

"우린 북부의 요새들도 점거했습니다! 패배란 없습니다. 병사를 모아서 저를 따르라고 하세요."

바샤가 깃대를 지팡이 삼아서 일어섰다. 죽은 줄 알았던 바샤가 다시 일어서자 병사들이 환호성을 질렀다.

호위기사만이 이맛살을 찌푸리며 바샤의 어깨를 잡았다. 그는 바샤와 전장을 몇 번이고 헤치고 나왔다. 바샤를 보면 막내 누이가 생각나서 도저히 그냥 둘 수가 없었다.

"우린 곧 포위당할 겁니다, 바샤. 여기서 후퇴하고 전열을 가다듬어야 합니다. 지금은 루조차 야만인의 폭력으로부터 우리를 구하지 못할 겁니다."

호위기사의 말은 정론이었다. 그는 무지한 병사들과 달리 군사교육을 받은 사내다. 기백만으로 전투에서 이기지 못한다는 걸 안다.

"무슨 소리입니까! 요르만 경! 루께서 우리에게 축복을 내리셨습니다! 방금 제 눈으로 봤습니다! 그분께서는 원래라면 죽었을 저를 구해주셨고, 제 귀에 지금이 기회라고 속삭이셨습니다."

바샤가 침을 튀기며 외쳤다. 그녀는 호위기사의 허리를 더듬어 칼을 뺏어 뽑았다.

"돌격하세요! 승리가 코앞입니다! 야만인들은 우리에게서 그 무엇도 빼앗지 못할 겁니다!"

바샤는 지금까지 선봉에 선 전투에서 모두 이겼다. 패배하는 전투를 해본 적이 없었다.

"바샤, 우린 패할 겁니다. 당신을 믿고 따르는 불쌍한 병사들은 야만인의 손에 갈기갈기 찢길 겁니다. 당신은 산 채로 붙잡혀 야만인에게 능욕당하고, 죽어서도 야만인의 노리개가 되어 루의 곁으로 가지 못할 겁니다. 당신이 고집을 부린다면 그게 우리의 운명입니다."

호위기사가 투구를 벗으며 바샤의 눈을 바라봤다. 그는 진심으로 바샤를 걱정했다. 그녀가 분노와 증오가 아닌 평온을 되찾길 바랐다.

"헛소리!"

바샤가 호위기사의 손을 뿌리치려고 했으나 사내의 힘을 이기지 못했다. 바샤는 훈련조차 받지 않은 소녀에 불과했다.

"부디 현실을 보세요, 바샤. 성녀 놀이는 끝났습니다. 귀족과 성직자들은 당신이 루의 은총을 받았다고 믿지도 않습니다. 어리석은 병사들만 그저 믿고 싶은 것만 믿을 뿐이죠. 우린 지금 스스로 목숨을 구해야 합니다."

바샤의 얼굴은 시뻘겋게 변했다. 뺨의 상처에서 피가 진득하게 흘러내렸다.

"그, 그런 태도 때문에 야만인들에게 패한 겁니다! 내 마을이 불탄 이유가! 내 부모를 죽인 야만인들이 활개 치는 이유가! 믿음이 부족한 당신 같은 자 때문이었어요! 왜 루를 믿고 끝까지 싸우지 않는 거죠? 우리는 이길 수 있어요! 이길 수 있다고요!"

바샤가 호위기사의 가랑이 사이를 걷어찼다. 급하게 싸움터에 나온 터라 흉갑만 입은 기사는 극심한 통증 때문에 바샤를 놓쳤다.

히이잉!

바샤가 말에 올라타며 깃대를 흔들었다. 뺨에 피를 흘리면서도 당당하게 다시 일어선 그녀의 모습에 병사들은 용기를 얻었다. 도망가려던 병사들조차 바샤의 깃발을 보고 다시 뒤돌아섰다.

"제기랄!"

통증을 삭인 호위기사가 욕설을 내뱉으며 말을 탄 바샤를 쳐다봤다. 이미 바샤는 깃대를 앞으로 뻗으며 전진하고 있었다.

호위기사는 바샤를 지키기 위해 다른 기사들을 이끌고 달렸다. 기사들의 보호 없이 바샤는 버티지 못한다.

'당신을 지키는 건 루의 은총이 아니라 우리의 칼과 방패이거늘……'

소녀의 눈은 기사들을 보지 않았다. 한시가 급한 전장에서 그녀는 먹구름 사이로 비치는 햇살을 보고 있었다.

'…나는 해낼 거야.'

바샤의 입술이 작게 움직였다.

"바샤!"

호위기사가 뒤에서 외쳤다.

바샤는 더 이상 전진하지 못했다. 뚫릴 것 같던 야만인이 단단했다. 병사들은 무의미하게 목이 잘렸고, 그들의 사지가 땅바닥에 떨어졌다.

"후·우·우."

피를 뒤집어쓴 거구의 전사가 선두에서 모습을 드러냈다. 그의 도끼날과 칼날에는 벌써 십여 명의 피가 묻어 있었다.

공기의 흐름이 바뀌었다. 계속될 것 같던 순풍이 멈췄다. 어쩌면 순풍 따윈 불지도 않았던 게 아닐까? 그저 공허한 착각일 뿐.

바샤가 멍하니 사내를 바라봤다. 달려오는 병사들은 나무토막 자르듯 뎅겅뎅겅 베어내는 모습은 비현실적이었다.

그녀는 진짜 신의 은총이 어떤 의미인지 알았다. 사내의 상체부터 발끝까지 빼곡한 흉터는 문신이 따로 필요 없을 정도였다. 평범한 인간이었으면 이미 죽었을 상처들이다. 신에게 사랑을 받기에 살아남은 사내가 저기에 서 있었다.

"유릭……."

바샤는 황제의 이야기를 떠올렸다.

황제 얀키누스는 신의 축복을 받은 사내에 대해 이야기했었다. 황제 정도의 위치에 있으면 가끔 범상치 않은 인물들을 만나곤 한다. 말로 들어서는 믿기지 않는 업적을 쌓은 이들이다. 검귀 페르젠이 그러했고, 유릭도 그러한 존재였다.

"아, 아아."

바샤는 경악했다. 인간의 생명이 덧없이 사라지고 있었다.

유릭이 지나가는 자리로 병사의 머리가 나뒹굴었다. 음영이 드리운 그의 얼굴에서는 샛노란 안광과 사납게 벌어진 입만 흉흉하게 두드러졌다. 비가 내리는데도 얼굴에 묻은 피가 닦이지 않았다.

"오오오오오!"

유릭이 포효하며 살육을 이어갔다. 그 모습을 보면 누가 전쟁을 끝내고 싶어 하는 사내라 생각하겠는가? 남들이 보면 그저 피에 굶주린 악귀나 다름없었다.

"아아아아아!"

유릭과 맞상대하는 병사들의 얼굴에는 공포가 올라왔다. 신앙심으로도 감출 수 없는 본능적인 공포였다. 사람을 수없이 도륙한 짐승이 눈앞에 있었다.

촤아악!

유릭이 칼을 길게 휘둘렀다. 사람을 많이 베서 무뎌진 칼날이 몽둥이처럼 병사의 목뼈를 부쉈다. 꺾인 목은 실이 끊어진 목각인형처럼 힘없이 흔들렸다.

인간의 육체로 이룩할 수 있는 정점의 폭력이었다. 정의도 악의도 없는 순수한 폭력이 병사들을 뒤덮었다. 유릭의 육체에 각인된 전투기술은 숨 쉬듯 자연스러웠다.

살점과 내장이 바닥에 후두둑 떨어졌다. 지독한 악취는 비로도 씻기지 않았다.

"후우우."

유릭의 손이 멈추는 건 숨을 고르는 찰나에 불과했다.

병사들은 선두에 선 유릭을 향해 무기를 휘두르지도 못하고 뒷걸음질 쳤다. 유릭은 눈동자를 굴려서 깃발을 든 여자를 흘겨봤다.

'황제는 여기에 없는 건가?'

육체에 스며든 전투의 광기와 달리 유릭의 머리는 무척이나 차가웠다. 그는 황제를 찾기 위해 전장을 크게 봤다.

'일단은 저 여자부터……'

숨을 고른 유릭이 한 발을 내디뎠다. 거친 숨은 두어 번만으로도 차분하게 가라앉았다.

키잉!

유릭은 흔들리는 은빛을 보곤 고개를 뒤로 젖혔다. 칼날이 유릭의 머리를 스쳐 갔다.

"저놈이 유릭이다! 죽여!"

칼놀림이 예사롭지 않은 무리가 유릭의 앞을 막아섰다.

'체격이 건장한 걸 보니 기사 계급이로군.'

그저 용기만으로 칼을 휘두르는 병사들과 달랐다. 유릭은 한 걸음 물러나더니 턱짓으로 주변의 전사들을 불렀다. 그는 대족장이다. 그의 뒤에는 언제나 서부의 용사들이 있었다.

"우오오오오-!!"

빗줄기를 가르는 전사들이 기사들을 덮쳤다. 전사들은 수적으로 우세에 있었다.

기습에 성공한 순간부터 포를카나-연맹군의 승리는 예정되었다. 남은 문제는 황제를 붙잡을 수 있느냐와 얼마나 많은 피해를 입히느냐다.

"어째서 우리에게 승리를 주지 않으시는 겁니까?"

바샤가 눈을 크게 떴다. 그녀가 들고 있는 태양 깃발은 비에 젖어서 더 이상 펄럭이지 않았다.

바샤를 지키던 호위기사들이 하나둘씩 무릎을 꿇고 쓰러졌다. 그들은 진흙탕에 얼굴을 처박으며 핏물을 질질 흘렸다.

'루여, 어째서 저렇게 선량한 자들부터 데려가는 겁니까?'

바샤의 눈동자는 하늘을 보고 있었다.

"바샤! 하늘이 아니라 사람을 보십쇼!"

호위기사가 고개를 돌리며 외쳤다. 그 순간, 유릭의 도끼날이 호위기사의 목을 날렸다.

"요르만 경-!!"

바샤가 소리를 질렀다. 자신을 계속 지켜주던 호위기사조차 목숨을 잃었다.

"오오오! 선물이다! 망할 년아!"

유릭이 소리를 지르며 잘린 호위기사의 목을 바샤에게 던졌다.

호위기사의 머리통이 바샤의 머리에 부딪혔다. 죽은 호위기사의 눈을 본 바샤의 동공이 커졌다.

"아, 아아아악!"

바샤가 발작하며 깃대를 크게 휘둘렀다.

유릭은 그런 허술한 공격에 당하지 않았다. 그는 팔을 휘둘러서 깃대를 잡아 부러뜨렸다. 이윽고 사정거리까지 접근한 유릭은 거침없이 칼을 휘둘러서 바샤를 죽이려고 했다.

유릭은 빗줄기 속에서 바샤의 얼굴을 정면으로 봤다. 그의 동공이 미미하게 떨렸다.

유릭은 칼날을 비틀어 검면으로 바샤의 머리를 쳤다. 바샤는 그 충격으로 말에서 떨어지며 바닥을 뒹굴었다.

바샤는 피와 비로 질척한 진흙에 얼굴을 처박았다. 사람의 생명이 코에 스며드는 듯했다.

"루여……."

쓰러진 바샤가 초점을 잃은 눈동자로 중얼거렸다. 유릭은 바샤를 멀뚱히 내려다보다가 주변 전사들에게 생포하라 명했다.

벨루아는 그 누구보다 전장에서 열심히 뛰었다. 그녀는 자신이 데려온 군대를 이끌고 제국군을 덮쳤다.

'여기서 황제를 잡으면 훗날에 내게 도움이 될 거다.'

붉은모래 벨루아의 세력은 유릭에 비하면 반딧불에 불과했다. 일개 부족장과 대족장의 차이는 그만큼 컸다. 유릭이 마음만 먹으면 벨루아의 세력을 찍어 누르는 건 일도 아니었다.

'유릭이 사미칸처럼 잔혹한 자였으면 난 이미 죽었겠지.'

벨루아가 대검을 크게 휘둘렀다. 여자의 힘이라고 믿기지 않을 정도로 묵직한 일격이었다. 그녀의 대검은 전투력보다는 과시용도였다. 벨루아가 큼직한 대검을 휘두르자 주변 병사들은 겁을 먹었고, 전사들의 사기는 올랐다.

'시작은 동등했는데 나는 밑바닥에 있군.'

벨루아가 어깨를 들썩이며 웃었다. 한때, 연맹에서 세 부족장은 거의 동등했었다. 사미칸이 다소 우세에 있었지만 유릭과 벨루아가 손을 잡으면 사미칸조차 함부로 행동하기 힘들었다.

'사미칸은 자신의 수완으로 세력을 불렸지. 어느새 나와 유릭이 힘을 합쳐도 사미칸을 견제하기 힘든 상황까지 갔어.'

서부원정에서 사미칸은 독보적인 대족장이 되었다. 유릭도 전장의 무용을 인정받아 전사들의 존경을 얻었다. 벨루아만 제자리걸음이었다.

'나는 내 세력과 권력을 보존하기 위해 유릭을 배신했다. 유릭이 위기에 빠졌는데도 지원군을 보내지 않고 사미칸과 결탁했지.'

지금 그때로 돌아간다면 그러지 않을 것이다. 돌이켜 보면 해선 안 될 실수였다.

'사미칸은 좋은 남자가 아니었어. 특히나 남편감으론 최악이었지.'

벨루아가 쓴웃음을 지으며 고함을 내질렀다. 탁한 목소리가 전장에 퍼졌다. 그녀의 대검이 병사를 두 동강 냈다.

호감이라면 유릭에게 더 있었다. 하지만 벨루아는 자신이 쌓아 올린 권력과 지위를 지키기 위해서 사미칸과 혼인했다.

'사미칸……'

사미칸의 몰락은 다른 사람들에게 수없이 들었다. 사미칸과 유릭의 성격을 누구보다 잘 아는 벨루아였기에 어떻게 상황이 굴러갔는지 빤히 보였다.

'내 탓이다.'

벨루아는 자책했다. 사미칸이 무너지기 시작한 건 노아 아르텐의 죽음 때문이다.

'나는 노아 아르텐을 죽인 자를 알고 있어.'

벨루아가 고개를 들었다. 저 멀리서 말을 탄 무리가 보였다. 아마도 귀족계급일 것이다. 저들을 생포한다면 이득이 된다. 어쩌면 황제가 저기에 섞여 있을지도 모른다.

'내가 심어둔 부하가 노아 아르텐을 죽였다.'

벨루아는 노아 아르텐이 배신하지 않을까 걱정해서 자신의 전사를 심어뒀었다. 노아가 배신했다고 판단한 전사는 그를 죽이고 벨루아가 있는 서부로 도망쳤다.

벨루아가 전사의 보고를 들었을 때는 이미 돌이킬 수 없이 상황이 악화된 후였다. 이제 와서 자신의 부하가 노아를 죽였다고 말할 수 없었다. 그녀 나름대로는 노아의 배신 때문에 연맹이 무너질까 봐 조치를 취한 것이었다.

'지금 생각해 보면 노아가 진짜 배신하려고 했는지조차 의문이지.'

전사들 중에서는 노아를 싫어하는 자가 많았다. 벨루아의 부하도 노아가 마음에 들지 않아 죽여놓고 배신하려 했다고 거짓말을 했을지도 모른다.

"다 지난 일이다."

벨루아가 중얼거렸다. 지금 중요한 건 공을 세워서 연맹 내의 위치를 공고히 하는 것이다.

'유릭은 내게 기회를 줬다. 내 복종을 받아들였지. 나라면

그러지 않았을 거야. 한 번 뒤통수를 친 자는 똑같은 짓을 또 하는 법이지.'

벨루아는 유릭을 잘 안다. 그는 그 누구보다 순수한 전사다. 자신의 부족과 동포를 노예로 만들지 않겠다는 일념 하나로 그토록 많은 일을 해낸 위인이었다. 자신의 야망이 아닌 서부인 전체를 위해 굴욕을 참아내며 인내했다.

사미칸의 불합리한 대우에도 유릭은 연맹을 위해 참아냈다. 그런 대범한 전사가 몇이나 되겠는가? 유릭이 분기탱천하며 자리를 박차고 나갔다면, 이미 서부는 제국의 노예가 되었을 것이다. 사미칸의 힘만으로는 제국을 상대하지 못한다.

'……존경할 만하지. 유릭은 진정한 의미로 대족장이다.'

그런 맥락을 이해하는 자는 연맹에서도 몇 없다. 벨루아가 그중 한 사람이었다. 단순히 힘이 세고 용감한 전사라서 대족장으로 인정하는 게 아니었다. 유릭은 서부를 위해 자신을 희생했다. 진정으로 지도자에 걸맞은 덕목이었다.

"벨루아! 저들의 대장이오! 저기 독수리 문장을 보시오!"

얼굴에 주름이 자글자글한 전사가 외쳤다. 벨루아도 눈을 흘기며 가리킨 곳을 바라봤다.

'자색독수리 망토.'

황제의 상징이었다. 말을 탄 귀족 중 하나가 자색독수리 망토를 휘날리고 있었다.

"쫓아라! 공은 우리가 세운다!"

벨루아가 소리를 높였다.

강행군을 한 제국군과 달리 전사들은 휴식하다가 싸움에 임했다. 더군다나 가벼운 무장을 한 터라 진흙탕을 단숨에 가로질렀다.

첨벙, 첨벙.

벨루아의 부대가 발목까지 물이 고인 진흙탕을 헤치며 자색독수리 망토를 쫓았다.

"뱁새!"

벨루아가 자신의 부하를 불렀다. 뱁새는 활을 무척이나 잘 쏘는 전사였다.

"환경이 안 좋아요. 비가 와서 자신은 없습니다만……."

뱁새라 불린 전사가 활을 꺼내며 자세를 잡았다. 눈동자가 둥글고 초롱초롱해서 뱁새라는 별명이 붙었다.

"명중하면 우리 부족에서 가장 예쁜 여자 셋을 주마!"

벨루아가 포상을 걸며 재촉했다.

"서부 여자는 이제 흉내 나서 싫어요. 여기 여인들은 냄새가 좋더라고요."

뱁새가 피식 웃으며 숨을 가다듬었다.

끼익.

활시위를 힘차게 당겼다. 신중하게 자색독수리 망토를 조준했다.

공기는 습도 때문에 묵직하고, 비는 무겁게 땅을 때린다. 활시위는 젖어서 미끄러웠다.

쉬익!

뱁새가 활시위를 놓았다. 좌우로 요동치며 날아간 화살이 수많은 병사들을 가로질러서 자색독수리 망토를 맞혔다.

푹!

자색독수리 망토가 낙마했다. 그 광경을 본 벨루아의 눈동자가 커졌다.

"좋아! 뱁새! 네가 최고다!"

벨루아가 소리를 지르며 전사들을 이끌고 내달렸다. 뱁새는 그 뒤에서 코밑을 쓱쓱 닦았다.

"……환경은 극복하는 것이죠."

뱁새가 자신만만하게 웃으며 중얼거렸다. 그도 자신의 솜씨에 몹시 만족했다. 평생 자랑거리로 삼아도 될 만한 저격이었다.

뿌우우우우!

"아?"

씰룩씰룩 웃던 벨루아가 고개를 들어서 주변을 바라봤다. 사방에서 뿔나팔을 부는 전사들이 많았다.

"황제다!"

"여기에 황제가 있어!"

"황제가 도망간다! 잡아!"

전사들이 사방에서 황제를 찾았다고 소리를 질렀다. 황제를 찾은 부대는 벨루아만이 아니었다.

자색독수리 망토를 두른 자는 한둘이 아니었다. 황제라고 추정되는 자들이 제국군 사방에서 흩어지며 도망가기 시작했다.

"제기랄!"

벨루아가 뱁새에게 저격당한 사내의 얼굴을 확인했다. 황제의 인상착의와는 완전히 달랐다.

자색독수리 망토를 보자마자 눈이 돌아간 전사가 한둘이 아니었다. 공을 노리는 부대들이 흩어지며 황제를 찾아다녔다.

"머저리들아! 진짜가 망토를 뒤집어쓰고 있겠냐!"

벨루아도 한 번 당하자마자 소리를 질렀다. 그러나 다른 부대의 전사들은 공을 뺏으려는 거라 생각해서 그 말을 믿지 않았다. 공에 눈이 먼 전사들은 황제라고 추정되는 자들부터 쫓아다녔다.

Chapter 4

최선을 다했다.

그런 말은 전쟁에서 변명일 뿐이다. 이기지 못할 전투에서 최선을 다해봐야 무의미한 피해만 커질 뿐이다. 때론 포기도 할 줄 알아야 한다.

"폐하, 이리로 가야 합니다."

기사가 달려오는 야만전사를 베고는 뒤를 돌아봤다. 황제 얀키누스가 일반병사처럼 허름하게 입고 기사를 따라갔다.

'최악의 상황에서 기습을 당했다.'

얀키누스는 패배를 인정했다. 고집을 부려봐야 이기지 못할 전투를 승전으로 바꾸진 못한다. 승리를 위한 계책은 없었지만, 패배를 인정하는 순간부터 쓸 수 있는 계책은 늘어난다.

기사들은 황제의 망토를 입고는 사방으로 흩어졌다. 황제를 잡고자 하는 야만인들 덕분에 오히려 진짜 황제 얀키누스가 도망갈 틈이 생겼다.

"바샤의 부대가 놈들의 시선을 끌고 있습니다."

기사가 저 멀리서 펄럭이는 태양 깃발을 보곤 중얼거렸다.

"이번에 패한 걸로 주눅 들 필요는 없다. 놈들이 여기까지 온 건 나를 잡고 싶다는 거겠지. 나를 잡지 못하면 진짜 승자는 바로 우리다."

얀키누스는 어깨를 움츠리며 전장을 벗어났다. 후퇴하는 제국군의 물결 속에 섞였다.

"집결지는 하멜이다."

황제의 말이 제국군 전체로 흩어졌다. 이런 와중에도 군의 명령체계가 완전히 끊어지지 않았다. 제국군은 수십여 부대로 쪼개지면서 각자 살길을 모색했다.

"거리는 충분히 벌렸습니다. 여기서 말을 타고 가면 될 듯합니다."

기사가 말고삐를 얀키누스에게 넘기며 말했다. 얀키누스를 호위하는 기사는 이십여 명이었다. 호위병력이 과도해도 이목을 끌기 때문에 적당한 숫자만 데리고 움직였다.

"하멜에서."

"그래, 하멜에서."

기사들이 고개를 까딱이며 서로에게 인사를 했다. 그렇게 병력들이 흩어졌다.

얀키누스는 기사 열 명만 데리고 전장을 빠르게 이탈했다. 그들은 말고삐를 채찍처럼 힘차게 내려쳤다.

뿌득.

얀키누스가 이를 바득 갈았다. 어느 정도 안전하다는 생각이 들자 분한 마음이 치밀어 올랐다.

'내가 어리석었다. 놈들이 우리를 칠 거라는 생각을 했어야 했어.'

조금만 더 주의를 기울였다면 충분히 대비할 수 있는 전투였다. 얀키누스의 군대는 이렇게 맥없이 당할 병력이 아니었다.

'카르니우스에 이어 나까지 대패를 당했어. 주력군을 두 번이나 잃었다.'

각개격파당한 게 더욱 컸다.

'이래서 전선을 둘로 나누고 싶지 않았거늘.'

얀키누스는 애써 쓰린 기억을 되새기지 않았다. 생각대로 일이 풀렸다는 가정을 몇 번이고 해봐야 실패한 과거가 바뀌지 않는다.

'낙오자들이나 패배에 사로잡히는 것.'

얀키누스가 두 눈을 부릅떴다.

피슛!

앞서가던 기사가 화살에 맞아 쓰러졌다. 기사들은 반사적으로 얀키누스를 둘러싸며 보호를 했다.

"매복이 있다!"

날이 저물고 있었다. 빗줄기와 먹구름 때문에 시야는 더욱 좁았다.

철퍽, 철퍽.

산양전사들이 모습을 드러냈다. 얀키누스의 눈동자가 커졌다.

"그 소문의 난쟁이들이로군!"

"폐하, 고개를 숙이셔야 합니다! 위험한 놈들입니다!"

산양전사를 아는 기사들은 사색이 된 표정으로 외쳤다.

"난쟁이들……."

기사와 병사들 사이에 무성한 소문이 있었다. 약탈자 군대에 섞여 있는 난쟁이 악마들. 본 사람은 드물었으나 모르는 이는 없었다.

기동전이나 기습에 능한 산양전사들은 또 다른 공포였다. 산양을 타고 자유자재로 활을 쏘는 자들 앞에서는 어떤 병과도 무용지물이었다.

산양전사들은 자기네들끼리 떠들며 웃었다. 나무가면으로 얼굴을 가렸기에 더욱 공포스러웠다.

'유릭의 말대로 뒤로 먼저 빠지는 놈들이 있군.'

황제의 도주도 이미 유릭의 계산속에 있었다. 유릭은 전투를 시작하기도 전에 산양전사들을 도주로에 배치했었다.

산양전사들은 열댓 명씩 흩어져서 포위망을 넓게 짰다. 그들은 전투에 참가하지 않고 도주로에 숨어 있다가 도망치는 제국군을 습격했다.

"폐하, 먼저 가십쇼. 우리가 저놈들을 막겠습니다."

기사가 말고삐를 잡으며 질척이는 땅을 바라봤다.

"무슨 소리냐……!"

얀키누스는 좀처럼 이해하지 못했다. 난쟁이의 악명은 익히 들었지만 저렇게 작은 몸집으로는 기사들을 이기지 못할 거라 생각했다.

"……우리가 갈고닦은 전투기술은 무용지물입니다. 저들은 근접전을 하지 않습니다. 이길 자신이 없습니다. 기껏해야 발을 묶는 게 전부입니다."

산양전사와 싸운 경험이 있는 기사가 말했다.

산양전사들, 피르가모 부족은 자신들의 덩치가 작다는 걸 스스로 알고 있다. 그래서 그들은 산양을 타고 활을 쏘는 법을 극한으로 익혔다.

"끝까지 수행하지 못해 죄송함…… 카악!"

기사가 비명을 질렀다. 그의 어깨에 화살이 박혔다.

산양전사들이 활을 쏘며 산양을 몰았다.

"폐하! 가셔야 합니다!"

비가 와서 활의 명중률이 많이 떨어진 터라 기사들은 겨우겨우 버텼다. 갑옷조차 제대로 입지 못해서 온몸이 무방비했다.

얀키누스는 이맛살을 찌푸렸다. 이런 야전에서는 기사들의 판단이 더 정확할 것이다. 그는 기사들을 뒤로하고 말을 몰았다.

눈치가 빠른 산양전사들이 얀키누스를 쫓아가려 했다. 그러나 기사들이 말을 몰아 그 앞을 필사적으로 가로막았다.

"빌어먹을 난쟁이들아! 죽어라!"

기사가 칼을 휘둘렀다. 산양전사가 바닥으로 뛰어내리며 활을 쐈다. 넘어지면서 쏜 화살이 기사의 목에 박혔다. 신기에 가까운 활솜씨였다.

"커억, 컥, 컥."

기사가 핏물을 줄줄 흘리면서도 끝까지 산양전사를 향해 칼을 휘둘렀다.

얀키누스는 뒤를 보지 않고 앞만 바라봤다. 날이 점차 어두워지면서 주변의 모든 게 의심스러웠다.

"어둠이 무섭다고 느껴진 건 고추에 털이 나고 나서 처음이로군. 워, 워."

얀키누스는 말의 갈기를 쓰다듬었다. 질척거리는 땅을 한참이나 뛰어서 말도 많이 지쳤다. 푸릇푸릇거리는 숨소리가 거칠었다.

'하멜.'

어떻게든 하멜까지 가야 한다.

'내가 죽기 전까지 전쟁은 끝난 게 아니야.'

황제라는 상징이 있으면 병사는 어떻게든 모을 수 있다.

'몇 번을 패배하더라도 한 번만 이기면 된다.'

전쟁 후유증은 얼마든지 감수하면 된다. 얀키누스는 아직 젊다. 위기를 수습해 도약할 기회는 있다.

'앞을 봐라, 얀키누스. 내 할아버지와 아버지가 해낸 일들을 생각해. 이보다 더 힘든 고난도 헤쳐 나갔다.'

얀키누스는 잠도 자지 않고 계속 움직였다. 그의 말은 비척거리다가 결국 주저앉았다.

"고생했다. 여기서 산 채로 들짐승의 먹이가 되는 것보다 낫겠지."

얀키누스가 칼을 뽑아서 말의 목을 베었다. 그는 토막 낸 말고기를 주머니에 넣고 질겅질겅 씹으며 하멜을 향해 계속 걸었다. 어느 순간부터는 방향이 맞는지도 헷갈렸다.

지독한 밤이 끝나고, 새벽이 오고 있었다.

"후우."

얀키누스는 나무 밑에 주저앉아서 잠시 휴식을 취했다. 이정도 움직였으니 잠깐이나마 쉴 시간이 있다고 생각했다.

눈을 감자마자 졸음이 몰려왔다. 깊게 잠들지 않기 위해 애써 의식을 붙잡았다.

바스락.

수풀 소리에 얀키누스는 눈을 떴다. 잠을 잤는지 아닌지조차 헷갈렸다.

크르르르.

짐승의 울음소리였다.

"빌어먹을."

얀키누스가 벌떡 일어나 칼을 찾아서 허리를 더듬었다. 아직도 비몽사몽한지라 칼을 겨우 찾아서 뽑았다.

수풀을 헤치고 나온 건 다 큰 곰이었다. 곰의 덩치를 확인한 얀키누스는 싸울 생각도 하지 않고 그대로 뛰었다.

'세상의 주인이라 불리는 내가 고작 곰에게 죽는 건가.'

헛웃음이 흘러나왔다. 손짓 하나로 세계의 운명을 뒤바꾸는 만인지상의 존재가 곰에게 쫓기고 있었다.

인간의 다리로 곰을 따돌리긴 힘들다. 얀키누스는 품을 뒤져 말고기를 꺼냈다. 주먹만 한 말고기를 뒤로 던져서 곰의 시선을 분산시켰다.

"크어어엉."

곰은 한입에 말고기를 집어삼키곤 얀키누스를 바로 쫓았다.

얀키누스는 자신이 가진 모든 물건을 곰한테 던져 댔다. 칼을 비롯해 반짝이는 장신구까지 모조리 던졌다.

서서히 곰과 얀키누스의 거리가 벌어졌다. 곰은 떨어진 물건에 관심을 가지며 머뭇머뭇했다.

"빌어먹을 루여! 감사합니다! 돌아가면 은화 한 상자를 바치겠습니다!"

얀키누스가 환희의 욕설을 내뱉었다.

곰은 얀키누스가 던진 물건에 관심이 끌려 추격을 멈췄다. 곰이 배가 고픈 거였다면 얀키누스는 이미 죽었을 것이다.

'빈털터리로군.'

얀키누스에겐 검도 없었고, 비싼 장신구도 없었다. 독수리가 양각된 인장반지만이 가진 재산의 전부였다.

욱신, 욱신.

숲을 벗어난 얀키누스는 발목 통증 때문에 이맛살을 찌푸렸다. 곰에게 쫓길 때는 몰랐는데 발목을 삔 듯했다. 통증은 더욱 심해져서 발을 내딛기조차 힘들었다.

뚝.

얀키누스는 적당한 크기의 나무를 꺾어서 지팡이로 삼았다. 그는 절뚝거리며 꾸역꾸역 움직였다. 고작 하룻밤 사이에 몇 년은 늙은 듯했다. 언제나 여유가 넘치던 웃음도 사라졌다.

'여기가 어디쯤이지.'

얀키누스는 농가를 발견하곤 이맛살을 찌푸렸다. 기억대로라면 도시가 나와야 되는데 중간에 길을 잘못 든 모양이었다.

끼익.

얀키누스는 헛간의 문을 열곤 안으로 들어갔다. 그는 건초 위에 주저앉으며 신발을 벗었다. 퉁퉁 부어오른 발목이 보였다. 이 상태로 걸어서 하멜까지 가는 건 무리였다.

'일단 한숨 자고 생각해야겠어.'

얀키누스는 더 이상 버티지 못하고 건초더미 위에 드러누웠다. 그는 죽은 듯이 곤히 잠들었다.

바샤는 눈을 떴다. 그녀는 다른 포로들과 함께 묶여 있었다. 포로들은 밧줄로 서로 엮여 있어서 누구 하나 도망가는 건 불가능했다.

"바샤 아가씨, 굳세게 마음을 먹어야 합니다. 차라리 죽는 게 나을 정도로 모진 꼴을 당할 겁니다."

바샤는 멍한 눈동자로 옆에 있는 병사를 바라봤다.

"루께서……."

바샤가 중얼거렸다. 창에 베인 뺨이 욱신거렸다. 아직 치료도 하지 않아서 상처가 벌어진 상태였다.

'왜 제게 싸우라고 하셨으면서 패배를 주신 거죠?'

바샤는 몇 번이나 눈을 감았다 떴다. 패했다는 현실은 바뀌지 않았다.

저벅, 저벅.

몸에 묻은 피를 씻지도 않은 야만인들이 포로들을 향해 걸어왔다. 그들의 발걸음은 바샤의 앞에서 멈췄다.

"그분이 어떤 분인지 아느냐! 루의 은총을 받은 분이시다! 너희 야만인들이 손댈 사람이 아니란 말이다! 포를카나의 귀족을 데려와라!"

바샤를 따르던 병사들이 아우성쳤다. 그러나 다른 한편에서는 아무런 신경도 쓰지 않는 병사들도 있었다.

"뭐가 루의 은총이란 말이야? 루의 은총이 있었다면 전쟁에서 지지도 않았겠지. 그깟 계집애에게 놀아난 우리가 우습군."

"너, 너 이 자식이!"

병사들끼리도 말다툼이 일었다.

"포, 포를카나의 국왕이 있다고 들었어요! 그분과 만나고 싶습니다!"

바샤가 야만인들이 다가오자 움찔하며 소리를 쳤다. 야만인들이 키득키득 웃으며 자기들 언어로 중얼거렸다.

"저는 바샤입니다! 루의 목소리를 들을 수 있습니다! 황제폐하께서도 저를 인정하셨습니다! 저를 이렇게 대우하면 안 됩니다! 저를 야만인에게 넘기지 마세요! 루의 은총을 나눠 받을 사람이 없습니까!"

바샤가 안절부절못하며 사방으로 외쳤다.

몇몇 문명인들이 움찔하며 바샤의 시선을 피했다. 어린 여자가 전장에 나와 있다는 것 자체가 기이한 일이었다. 분명 어떤 사연이 있을 거라 추측할 뿐이다.

야만인들은 바샤의 밧줄을 잘랐다. 그들은 바샤를 만만히 보고 포박을 풀었다.

멀뚱히 있는 바샤를 보곤 야만인들이 따라오라 손짓했다. 그들의 웃음소리를 들을 때마다 바샤는 소름이 돋았다.

바샤는 점점 사색이 된 표정으로 멀어지는 포로들을 힐끗힐끗 바라봤다. 그녀를 도와줄 사람은 아무도 없었다.

죽은 호위기사의 말이 생각났다. 그는 바샤에게 죽는 게 나을 정도로 끔찍한 꼴을 당할 거라 말했다. 야만인의 횡포는 바샤도 잘 안다.

'이들은 인간이 아니다. 짐승이다. 루의 축복을 받을 자격도 없는 짐승.'

겁탈당한 어머니와 목이 잘린 아비의 억울함이 생각났다. 분노가 공포를 집어삼켰다. 바샤가 손톱을 세우며 야만인의 눈을 노렸다.

푹!

바샤의 손톱이 야만인의 안구를 깊게 찔렀다.

"카아악!"

눈이 붉게 변한 야만인은 바샤를 죽일 기세로 도끼를 뽑았다. 안구가 깊게 찔린 탓에 피눈물이 뚝뚝 떨어졌다.

바샤가 오길 기다리고 있던 카타기가 소란을 듣고는 달려왔다. 그가 흥분한 전사를 말렸다.

"멈춰, 대족장의 명을 어길 셈이냐?"

"그, 그렇지만 저 여자가 내 눈을 찔렀어, 카타기! 적어도 눈 하나를 도려내지 않으면……."

"계집애 상대로 부끄러운 줄 알아라."

카타기가 전사를 밀치며 바샤의 손목을 붙잡았다. 카타기가 어눌한 제국어를 천천히 내뱉었다.

"한 번만 더 수작을 부리면 손을 자른 뒤에 데려가겠다."

어눌했지만 바샤는 그 말을 알아들었다.

"나, 나는 루의 은총을 받……."

바샤가 그리 말해도 카타기는 들은 척도 하지 않았다. 카타기에게는 태양신 루 따윈 아무것도 아니었다. 그가 믿는 건 현실에서 기적을 만든 대족장 유릭이었다.

유릭은 카타기에게 늘 중요한 일을 맡겼다. 전사들은 위계질서를 자주 어기곤 한다. 명령을 내려도 수가 틀리면 자기 멋대로 한다. 하지만 카타기만큼은 자신의 생각과 다를지라도 유릭의 명령을 우선시했다.

'대족장께선 나를 믿고 계신다. 그게 내게 중요할 뿐이지.'

유럭이 바샤를 데려오라고 하는 이유는 카타기도 모른다. 그저 그 말에 따를 뿐이었다. 이해하지 못하더라도 더 큰 뜻이 있으리라 믿었다. 그 논리는 루를 믿는 성직자들과 다를 바 없었다.

"대족장, 여자를 데려왔습니다."

카타기가 유럭의 천막 앞에서 말했다. 안에서 인기척이 났다. 유럭이 천막의 입구를 걷으며 얼굴을 드러냈다.

"그 여자를 안으로 들여보내. 그리고 음식과 물도."

유럭이 차분히 말하곤 다시 안으로 들어갔다.

"들어가라."

카타기가 바샤를 향해 턱짓했다. 바샤는 불안한 눈동자로 두리번거리다가 천막 안으로 들어갔다.

얀키누스는 눈을 떴다. 쇠스랑을 든 소녀가 헛간 안에 있었다.

"누, 누구세요?"

소녀가 겁에 질린 목소리로 말했다. 소녀의 쇠스랑 끝은 얀키누스의 목에 닿아 있었다.

"사례는 하겠다. 마실 것과 먹을 것을 다오."

얀키누스는 동요하지 않았다. 차분한 억양은 귀족 특유의 기품이 있었다.

"네, 네?"

소녀가 얼떨결에 대답했다. 마치 영주 앞에 있는 느낌이었다.

"지금은 마땅히 줄 게 없지만 반드시 사례는 하지."

"남의 헛간에 멋대로 들어와서 무슨 소리 하는 거예요? 먹을 거라니요?"

"네 이름은?"

얀키누스는 소녀의 말을 무시하듯 자신이 하고 싶은 말만 내뱉었다.

"프레이."

"예쁜 이름이로군. 이만 그 농기구를 내 목에서 치워주면 안 되겠나?"

얀키누스가 소녀의 쇠스랑을 천천히 옆으로 밀었다. 그는 절뚝거리며 일어섰다.

"다쳤어요?"

"신경 쓸 거 없어. 여기가 어디지? 영주의 이름은 알고 있나?"

헛간에 몰래 숨어든 사람치고 너무나 당당했다.

'귀족?'

눈앞의 사내는 범상치 않았다. 평범한 사람으로는 보이지 않았다.

"하이파……."

"하이파 백작령? 생각보다 남쪽으로 내려왔군."

한숨 자고 일어났더니 정신이 맑았다. 얀키누스의 뇌리에 제국의 지리가 떠올랐다.

'생각보다 나쁘진 않다. 오히려 추격대가 붙었다면 내가 이쪽으로 왔으리라 생각 못 하겠지. 최단거리로 갈 거라고 생각할 테니까……'

얀키누스는 프레이를 바라봤다. 시집갈 나이가 된 소녀였다.

"남편은?"

"혼인은 하지 않았어요!"

프레이가 처음으로 짜증을 냈다. 과민반응에 얀키누스는 어깨를 으쓱했다.

"내가 헛간에 있다는 걸 비밀로 해주면 안 될까? 하루 이틀 정도만 더 머물도록 하지."

"제가 왜 그래야 하죠?"

"아까도 말했지만 사례는 하지. 원하는 게 있나? 돈? 보석?"

"지금 빈털터리 같은데 제가 어떻게 당신을 믿죠?"

프레이의 추궁을 당한 얀키누스가 쾌활하게 웃었다.

'세상의 주인인 내가 저런 말을 들을 줄이야. 하지만 여기서 황제라고 말할 수도 없지.'

정세는 어지럽다. 황제 얀키누스가 군림하는 이유는 그만한 힘이 있기 때문이다. 호위 하나 없는 상태로 지방귀족에게 정체를 들켰다간 어떤 꼴을 당할지 모른다.

'내게 충성하는 귀족한테 내가 여기 있다는 사실을 알려야 해.'

황제는 많은 귀족의 영토와 재산을 몰수했다. 그의 권력기반은 다수 귀족의 지지가 아니라 군대였다. 직업군인들은 고향의 영주가 아니라 봉급을 주는 황제에게 충성했다.

얀키누스는 집권 내내 중앙집권화를 꾀했고, 많은 귀족이 그의 적이었다.

'하이파 백작은 믿을 수 없다.'

얀키누스가 머리를 굴리는 동안 프레이도 무언가 생각하고 있었다.

"높으신 귀족이세요? 하이파 영주님보다 더 높아요?"

"적어도 그보다 낮은 신분은 아니지."

"그럼 숨겨드릴게요. 반드시 사례를 하셔야 돼요."

얀키누스와 프레이가 이야기하는 동안 헛간 바깥에서 누군가 접근했다.

"누나? 저 사람은 또 뭐야?"

건실한 체격의 소년이 헛간 안으로 들어오더니 얀키누스의 멱살을 잡았다.

"클리온! 그만해! 귀족나리야!"

"귀, 귀족?"

"프레이의 동생인가 보군. 네 무례는 용서하지. 체격이 좋군. 왜 입대를 하지 않았지?"

클리온은 평민치고 덩치가 컸다. 골목대장 노릇도 했는지 성격도 호전적이었다. 클리온은 얀키누스를 내버려 두고 프레이를 바라봤다.

프레이와 클리온 간의 말다툼이 일었다.

"아버지가 아시면 어쩌려고 이 사람을 숨기겠다는 거야? 영주님에게 알리자고."

"숨겨주면 사례를 하신다고 하셨어."

"사례? 그 말을 믿어? 범죄자면 어쩌려고?"

"하, 하지만."

프레이가 반쯤 울먹였다. 클리온이 한숨을 쉬었다.

"설마 그거 때문에 그러는 거야?"

"나는 싫단 말이야."

"정부 생활은 길어야 10년이야. 아이라도 낳으면 평생 영주의 돈으로 걱정 없이 살 수 있다고. 뭐가 문제라는 거야?"

"난 그 도련님이 싫단 말이야. 뚱뚱하고 냄새도 많이 나. 보고 있으면 소름이 돋는다고."

"비렁뱅이 농부한테 시집을 가서 평생 밭일을 하는 것보다 나은 생활이지! 지금 같은 시기라면 더욱 그래! 누나는 왜 다 커서 철이 없는 거야? 도망이라도 갈 셈이야? 누나가 도망가면? 나랑 아버지, 그리고 동생들은 어떤 꼴을 당하겠어? 철 좀 들어!"

클리온이 험하게 말했다. 책임감 있는 말투로 봐서는 장남인 듯했다.

대화를 듣던 얀키누스는 대충 상황을 파악했다. 흔한 일이었다.

'프레이는 이곳 영주 아들의 첩으로 들어가는 모양이로군. 그래서 나한테 이곳 영주보다 높은 신분이냐고 물은 거고.'

얀키누스도 자주 했던 짓이었다. 황제의 여성편력은 중앙귀족이라면 모르는 사람이 없을 정도였다.

"하아, 난 몰라. 아버지한테 일단 알릴 거야."

"클리온, 내가 그런 사람한테 안기면 좋겠니? 정말로?"

프레이가 남동생에게 애걸했다.

"그럼 나보고 어쩌라고? 아버지하고 동생들은? 누나 하나 때문에 전부 굶어 죽으란 말이야? 나도 속이 편한 줄 알아? 그 새끼 낯짝을 칼로 쑤셔 버리고 싶다고. 그런데 참아야 하는 게 어른인 거잖아. 언제까지 애새끼처럼 굴 거야?"

"제발 부탁이야. 아버지한테 비밀로 해줘. 저 나리가 혹시라도……."

클리온이 아랫입술을 깨물며 인상을 찌푸렸다.

"알아서 해. 동생들한테도 헛간에 가지 말라고 말해둘게."

"고마워, 클리온. 역시 내 동생이야."

프레이가 클리온을 안으며 그의 머리를 쓰다듬었다. 프레이의 키가 더 작았지만 그래도 누나라는 느낌이 들었다.

"이야기가 끝났으면 음식과 마실 걸 가져다주면 좋겠군. 오늘 몇 번을 말했는지 모르지만 나중에 충분히 사례는 하지."

프레이가 고개를 끄덕이다가 헛간을 나가기 전에 얀키누스에게 물었다.

"아, 참. 나리의 이름은 어떻게 되시죠?"

"얀이라고 불러라."

프레이가 조촐하게 음식을 가져오곤 헛간을 나갔다. 반쯤 썩은 사과와 곰팡이가 힐끗 보이는 빵 반 조각이었다.

음식을 본 얀키누스의 눈이 커졌다. 황궁의 음식물 쓰레기가 이것보단 나을 지경이었다.

"끔찍하군."

얀키누스가 억지로 입안에 음식을 욱여넣었다.

헛간 청소를 하던 클리온은 투덜거리는 얀키누스를 보며 인상을 찌푸렸다.

"그것도 없어서 못 먹는 사람이 허다합니다, 나리. 영주들은 야만인들에게 바친다고 우리 곳간을 털어가고, 그다음에는 제국군의 보급을 대준다고 곳간 밑바닥까지 싹싹 긁어가죠. 하루에 한 끼라도 먹으면 다행인 집이 널렸습니다. 우리야 누이가 도련님의 첩으로 들어가기로 되어 있어서 그나마 사정이

나은 편이죠."

"그 말을 짧게 줄이자면, 이거라도 감사하게 먹으란 말이군."

"나리는 머리가 좋군요. 저는 순진한 누이와 달라서 나리의 말을 믿지 않습니다. 나리가 진짜 높으신 귀족이라면 지금쯤 영주님에게 가서 이야기를 하고 있겠죠. 이렇게 숨겨달라고 하지 않을 겁니다. 누이가 위안이라도 얻으라고 그냥 봐주는 겁니다. 적당히 회복되면 떠나십쇼."

클리온이 퉁명스레 말했다.

"클리온이라고 했나? 부탁이 있네. 편지를 쓸 양피지와 도구를 좀 구해주게. 인장을 찍을 밀랍도."

"아까 제 말을 허투루 들었습니까? 먹고 살기도 힘든데 무슨……. 그걸 제가 어찌 구합니까?"

"누이가 돼지 놈에게 안기는 꼴을 보고 싶다면 내 말을 무시해도 좋네."

헛간의 건초를 치우던 클리온이 하던 일을 멈추곤 얀키누스를 응시했다.

"나리 같은 귀족들이 우리를 인간 취급하지 않는 건 압니다. 누이를 위해서 그런 일을 하지 않을 것도 알죠. 귀찮은 일에 말려들기 싫습니다. 애초에 제 형편으로 그런 도구를 구할 방법도 없고요."

"제법 몸 좀 쓰는 것 같던데? 어디 가서 훔치면 되지 않나?"

얀키누스가 능청스레 말했다. 클리온이 웃음을 터트렸다.

"훔치라니? 맙소사! 제 손모가지가 잘리는 꼴을 보고 싶은 겁니까?"

정체도 모를 자칭 귀족을 위해 위험을 무릅쓸 이유는 없었다.

"클리온, 자네는 기회를 날린 거네."

얀키누스가 설득을 포기하곤 건초 더미 위에 누웠다. 음식을 먹었는데도 허기져서 꼬르륵거리는 소리가 배에서 났다.

얀키누스는 휴식을 취하며 하루를 보냈다. 발목의 붓기와 통증은 서서히 가라앉았다.

'내일 말이라도 훔쳐서 움직여야겠군.'

밤이 깊어갔다. 날이 저물면 농가는 조용해진다. 헛간 바깥에서는 간혹 웃음소리와 대화가 들려오곤 했다.

"클리온 형, 왜 헛간에 가면 안 돼?"

어린아이의 목소리였다.

"시끄러. 내가 청소 깨끗이 해놨는데 네가 들어가면 난장판이 될 게 뻔하잖아."

클리온은 약속대로 헛간에 아무도 오지 못하게 막았다.

얀키누스는 나무 판자 사이로 바깥을 보고 있었다.

'클리온은 괜찮은 녀석이로군. 약속도 어기지 않으며, 자신의 가족을 지킬 줄 알아.'

프레이가 영주의 아들 첩으로 들어가는 건 어쩔 수 없는 일이었다. 일개 농부의 아들이 막을 수 있는 일이 아니다. 다른 가족을 지키기 위해서 어쩔 수 없는 희생이었다.

불가능해 보이는 장애를 넘어서서 자신의 뜻을 관철하는 건 범인에게 힘든 일이다. 농부의 아들이 영주에게 대항하려면 신의 축복이라도 받아야 한다.

'마치 유릭처럼.'

클리온이 유릭이었다면 도끼를 들고 영주의 침소에 쳐들어가 행패를 부리고도 살아서 탈출할 터다. 그러나 모든 사람이 그런 비범한 영웅이 되진 못한다.

'한낱 야만인 하나 때문에 이런 꼴이 될 줄이야.'

웃음이 절로 나왔다. 황제 얀키누스는 모든 걸 가지고 태어났다. 자신이 하고 싶은 일이라면 뭐든 할 수 있었다. 그래서 불가능이라 여겼던 위대한 업적을 탐했다.

'가진 거라곤 신의 은총밖에 없는 야만인에게 모든 걸 뺏기고 있군.'

얀키누스는 신앙심이 희박했다. 독실했다면 하늘산맥도 동대륙도 넘보지 않았을 것이다. 그는 인간세계의 정점에 서서 신의 뜻을 거스르는 행위를 했다.

"이봐아아아-!"

바깥에서 낯선 목소리가 들렸다. 말을 탄 귀족이 농가 앞에 서성였다. 그 뒤에는 건달 서넛이 있었다.

"프레이이이-!! 내 여자!"

술에 취한 귀족 청년이었다.

'하이파 백작의 아들이로군.'

듣던 대로 몹시도 뚱뚱했다. 뚱보는 계속 프레이의 이름을 불러댔다.

참다못한 프레이의 아비와 클리온이 뛰쳐나왔다.

"도련님! 아직 약속된 날이 아닙니다! 좀 더 준비를……."

아비가 간곡히 부탁했다.

"거참! 정식 혼인도 아니거늘! 내가 베푼 은혜가 부족하단 말이냐? 이 오만한 것들!"

"은혜에는 감사드립니다. 몇 번이나 감사해도 부족하죠. 그러나……."

"오늘 밤 그 아이를 안고 싶구나! 프레이! 내가 왔다! 같이 달콤한 밤을 보내자꾸나!"

뚱보가 손짓하자 건달들이 말에서 내리며 집 안으로 들어가려 했다.

"아무리 그래도 형식은 갖춰야지! 이게 뭐 하는 짓입니까! 도련님!"

집 안에서 소란이 일었다. 가구가 부서지고 아이와 여인의 울음소리가 들렸다.

"우리 집에서 뭐 하는 짓이야! 이 망할 새끼야!"

클리온은 건달의 어깨를 잡더니 주먹을 크게 휘둘렀다. 건달들과 클리온의 싸움이 일었다. 클리온은 악착같이 건달들을 잡아 패며 끝까지 싸웠다. 그 기세에 질린 건달들이 엉거주춤하게 집 안에서 빠져나왔다.

"도련님, 저 새끼를 죽이지 않으면 여자를 못 데리고 나오겠는데요? 죽일까요?"

건달들이 말에 매달린 칼을 바라보며 물었다.

"조, 좋은 날이 가까운데 주, 죽일 것까지야 없지. 이 일은 잊지 않겠네!"

뚱보가 술이 깼는지 헛기침을 하며 말을 타고 돌아갔다. 클리온은 피가 섞인 침을 바닥에 뱉으며 떠나는 무리를 바라봤다.

얀키누스는 그 헛간 틈으로 싸움을 구경하다가 피식 웃었다. 누군가는 목숨을 걸고 야만인들과 싸우고 있는데, 여기서는 계집 하나 품으려고 소란이 일어났다.

"큭, 큭큭."

웃음이 계속 새어 나왔다. 제국의 운명을 건 거대한 싸움 따윈 여기서 의미가 없었다. 저들에게 중요한 건 당장의 내일과 눈앞의 욕망이었다.

쿵!

얀키누스가 잠을 자려고 누웠을 때, 헛간의 문이 열렸다. 얀키누스가 달을 등진 그림자를 보며 입꼬리를 비틀었다.

"나리, 아까 약속은 아직 유효합니까?"
얼굴이 퉁퉁 부은 클리온이 말했다.
"사내 대 사내로 약속하지."

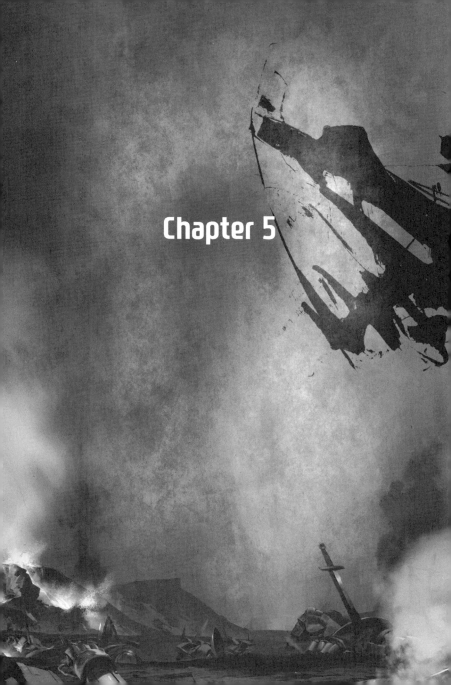

Chapter 5

　오늘은 하이파 백작령에 손님이 오는 날이었다. 북서쪽 국경의 영지를 다스리는 변경백이 하이파 백작을 찾아왔다. 갑작스러운 방문이었지만 좋은 소식인 듯했다.

　하이파 백작의 차남 카밀은 그런 외교적 중대사가 있는데도 건달패와 어울려 술을 마셨다.

　"도련님, 그 계집이 어디가 마음에 드시는 겁니까?"

　술집에서 건달들이 낄낄 웃으며 말했다. 카밀은 뚱보라는 별명이 붙을 만큼 살이 찐 사내였다. 어릴 때부터 식탐이 많아 배가 불러도 먹는 걸 멈추지 않았다.

　"닥쳐. 프레이는 예쁜 여자라고."

　카밀이 양고기를 으적으적 뜯으며 건달들을 노려봤다.

"이봐, 도련님이 좋다는데 뭔 참견이야."

"그럼, 그럼. 도련님만 좋으시면 된 거지."

건달들은 카밀의 비위를 맞추기 위해 말을 꺼냈다.

"명심해. 형님은 지병이 있어서 오래 살지 못할 거야. 다음 하이파 백작은 내가 될 거라고."

카밀이 고기 뼈다귀를 들어서 건달들을 가리켰다.

"물론입죠."

건달들이 싹싹하게 웃었다. 카밀은 그 반응이 마음에 들었는지 거하게 정세를 논했다. 지금은 혼란스러운 시기였다. 다른 말로 하자면 기회의 시대이기도 했다.

"제국이 이기든 야만인이 이기든 말이지. 앞으로 황제폐하의 영향력은 약해질 거야. 다시 지방영주의 시대가 돌아오는 거지. 운만 좋으면 나도 공국이나 왕국을 세울 수 있는 시대가올 거라고."

카밀의 말은 역사적으로 맞는 말이었다. 중앙의 힘이 약해지면, 지방의 군벌이나 귀족들이 날뛰는 시대가 온다. 난세에는 세력의 균형이 하루가 멀다 하고 변한다. 제국도 따지고 보면 그런 시대에 기반을 다진 국가였다.

매일 변하는 혼란스러운 정세를 읽고, 미래를 대비할 줄 아는 영웅들이 난세의 왕이 된다. 사내라면 가슴이 뛸 수밖에 없었다.

'저 뚱보는 자신이 그런 영웅이라고 착각하고 있지. 영주의 아들이 아니었으면 내 신발이나 핥았을 멍청이 주제에.'

건달패의 대장이 속으로 비웃었다. 그러나 누가 뭐래도 신분은 중요했다. 카밀이 하이파 백작이 될 가능성은 높았다.

"그때까지 너희들이 날 잘 보좌한다면 한자리 단단히 얻을 거야. 넌 경비대장, 넌 치안대장, 넌 수비대장. 어때?"

카밀이 건달들을 하나하나 가리키며 말했다.

"다 비슷한 거 아니에요?"

"달라. 멍청한 놈!"

하이파 백작령도 몹시 가난한 상황이었다. 문명 영주들은 야만인에게 약탈을 당하기 전에 자진해서 바치는 게 낫다는 걸 배웠다. 약탈을 당하면 사람도 죽고 건물들도 불타오른다. 어차피 막지 못할 거라면 그전에 항복하는 게 나았다.

그렇게 야만인들이 한바탕 휩쓸고 지나가면, 그다음에는 제국군이 야만인을 무찌르겠다면서 군량을 거두고 지나갔다. 전쟁이 길어질수록 피폐해지는 건 백성들이었다.

"꺼억!"

카밀이 트림을 하며 배를 두드렸다. 거의 세 명이 먹을 음식을 혼자서 꾸역꾸역 먹었다.

"제국의 시대는 이제 끝났어. 멍청한 황제가 동대륙이다 서부개척이다 뭐다 해서 국력을 낭비할 때부터 알아봤지! 루께서 하늘산맥을 금기로 삼으신 이유가 이거라고! 황제가 하늘산맥을 넘으니까 재앙이 문명세계를 휩쓸었지! 이건 황제가 불러온 재앙이야!"

카밀이 출렁이는 술잔을 들며 말했다. 술에 취해서 말이 과했다. 하지만 하이파의 술집에서 그를 제지할 사람은 없었다.

"태양신 루께서 제국과 황제를 등졌어. 그러니까 북부에서도 진정한 태양의 왕국을 세우겠다고 반란이 일어난 거잖아. 안 그래?"

"그럼요, 도련님. 맞는 말입니다요. 오늘은 이만 들어가시죠."

"들어가긴 뭘 들어가. 아직 더 마실 거야. 오늘 프레이를 만나러 갈 거라고."

건달들이 난처한 표정을 지었다.

'또 프레이 타령이로군. 술을 먹어야 용기가 나는 멍청한 자식.'

프레이의 동생 클리온은 만만한 상대가 아니었다. 어지간한 건달 서넛은 맨손으로 쓰러뜨리는 강골이다. 억지로 프레이를 범하려면 클리온을 죽여야 한다.

"사흘만 더 참으면 되지 않습니까? 그때가 되면 프레이도 도련님의 넓은 마음을 이해할 겁니다."

"그, 그렇지? 나만 한 남자가 어디 있어? 귀족이 아니라서 부인으로 삼진 못하지만, 난 프레이한테 잘 해줄 거라고."

기분이 좋아진 카밀이 술을 퍼마셨다. 식탁만큼이나 술을 잘 마시긴 했다.

"제국이 무너지고 난세가 오면 내 시대가 온다고! 나만 따라오면 너희들도 출세할 수 있어!"

뚱보 카밀조차 시대의 흐름을 명백하게 읽을 정도였다. 지방영주들은 때를 기다리며 세력을 비축했다. 이번 전쟁이 끝나면 제국의 영향력이 약해지는 건 확실했다. 특히 제국의 중심인 황제의 권위는 옛날 같지 않을 터다.

술집은 카밀 패거리로 소란스러웠다. 구석에서 한 사내가 술잔으로 탁자를 가볍게 두드렸다.

"……제국이 무너지면 기회야 오겠지. 그걸 잡을 수 있는 사람보다 난세에 휘말려 죽는 사람이 더 많겠지만."

그 목소리가 카밀의 귓가에 박혔다. 술에 취했어도 카밀의 귀는 열려 있었다.

"너 뭐하는 자식이야?"

카밀이 소리를 지르며 칼자루에 손을 가져갔다.

"내가 보기에는 너는 난세를 이기지 못하고 소인배처럼 죽을상이다. 난 사람 보는 눈이 있거든."

"난 카밀 하이파다! 네 이름을 밝혀라!"

카밀이 어설프게 칼을 뽑았다. 그러나 칼은 칼이다. 어설픈 자의 칼이라도 찔리면 죽는다.

"이런 촌구석에서야 다들 널 대단한 사람이라고 떠받들겠지. 진짜 고귀한 신분이 어떤 건지 모르는 무지렁이들이니까."

사내가 건달패를 보며 중얼거렸다. 사내는 지저분한 두건을 눌러쓰고 있어서 얼굴이 잘 보이지 않았다.

"내 몸에 칼을 대면 후회할 거야, 멍청이."

사내가 일어서며 카밀을 도발했다. 목소리에는 어쩐지 위엄이 깔려 있었다.

절뚝.

그러나 사내는 걸음을 내디딜 때마다 발을 절룩거렸다. 다쳤거나 절름발이일 터다. 절뚝이는 모습에 서린 위엄이 흩어졌다.

"절름발이 주제에 내게 훈계하는 거냐?"

카밀은 비웃으며 칼을 집어넣었다. 그는 사내의 멱살을 잡고는 주먹을 휘둘렀다. 뚱보라지만 덩치만큼 묵직한 주먹이 사내의 배에 꽂혔다.

"쿨럭."

사내가 뒤로 주춤주춤 물러나며 술집 바깥으로 나갔다. 아직 초저녁인지라 나다니는 사람이 많았다.

"난 카밀 하이파다! 여긴 하이파 백작령이지! 부랑자 주제에 감히 날 모욕했단 말이냐!"

카밀이 손을 크게 벌리며 외쳤다. 싸움이 일어나자 영지민들이 몰려들었다.

"여기서 내가 누군지 똑똑히 보여주지."

카밀은 자신의 권위를 세우기 위해 부랑자를 단단히 혼낼 생각이었다. 신분도 모를 부랑자는 좋은 상대였다.

퍽!

카밀은 다시 한번 사내를 걷어찼다. 사내가 비굴하게 몸을 웅크렸다. 그 모습을 본 카밀과 건달패가 낄낄 웃었다.

"처음에는 하도 자신만만하게 지껄이길래 놀랐잖아! 망할 자식아!"

카밀도 신이 나서 사내를 걷어찼다. 침도 뱉으며 잔뜩 모욕했다. 술기운 때문에 더욱 폭력적이었다.

"내가 널 모욕해서 화가 났나? 큭큭."

사내도 바닥에 피가 섞인 침을 뱉으며 웃었다.

"아직도 상황파악이 안 되는가 본데, 난 귀족이다. 부랑자가 귀족을 모욕했으면 죽어 마땅하지."

"그래. 낮은 신분이 높은 신분에게 대들면 죽어 마땅하지. 아무렴, 결점 하나 없는 올바른 논리다."

사내가 계속 웃어댔다. 그 웃음소리가 불길할 정도로 커졌다.

영지민들이 점차 많이 모여들었다. 웅성거리는 군중 틈에서 낯익은 얼굴이 보였다.

'프레이?'

카밀도 시선을 돌리다가 프레이를 발견했다. 프레이가 잔뜩 인상을 찌푸리며 카밀을 보고 있었다.

프레이의 표정을 본 카밀은 더욱 화가 나서 소리를 질렀다.

"이 미친놈! 뭐가 그리 웃기단 말이냐!"

카밀이 칼을 크게 들었다. 팔 하나라도 베어서 본때를 보여 줄 생각이었다.

사내는 조용히 손바닥을 위로 들어 올리더니 주먹을 쥐었다.

풋!

화살 하나가 날아오더니 카밀의 팔에 명중했다.

"카아아악! 칵! 카아아악!"

카밀이 기겁하며 비명을 질렀다. 곧 죽을 사람처럼 땅바닥을 뒹굴며 부르르 떨었다.

"엄살이 심하군. 화살 하나 정도로 돼지처럼 꿀꿀거릴 줄이야."

사내가 바지를 툭툭 털며 일어섰다.

"누구야! 누가 쏜 거야!"

카밀의 건달패가 군중을 밀치며 활을 쏜 사람을 찾아다녔다.

"어, 어, 어어어?"

사람들을 밀치던 건달들이 당황하며 뒷걸음질 쳤다. 그들의 목젖에 칼날이 닿아 있었다.

날카로운 눈매의 남자들이 하나둘씩 군중 틈에서 나왔다. 누가 봐도 훈련된 자들이었다. 술과 여자로 몸이 망가진 건달들이 상대할 무리가 아니었다.

"뭐, 뭐야! 기습이야? 너희들은 뭐냐고!"

카밀이 화살에 맞은 팔을 붙잡으며 두리번두리번 고개를 돌렸다. 분명히 하이파 영지인데도 모르는 사내들이 불쑥불쑥 모습을 드러냈다.

"폐하."

누군가 무릎을 꿇으며 말했다.

카밀에게 줄곧 두들겨 맞던 사내가 고개를 끄덕이며 칼자루를 받아 들었다.

"자보카 경은?"

사내의 말을 들은 카밀의 눈동자가 커졌다. 자보카는 오늘 하이파 백작과 면담하는 변경백이었다.

"자보카 변경백은 지금 하이파 백작과 만나고 있습니다. 그쪽도 곧 끝날 겁니다."

"그래, 경의 이름은?"

"푸라티안입니다."

"푸라티안 경, 부디 내 전령 역할을 해주게."

"영광입니다."

사내가 조용히 칼자루를 지팡이 삼아 꼿꼿이 등을 세웠다. 주변에는 많은 영지민이 모여 있었다.

푸라티안은 목청을 가다듬으며 주변을 둘러보더니 크게 외쳤다.

"무릎을 꿇어라! 백성들아! 세상의 주인 얀키누스 하멜론

폐하이시다! 내 말이 끝나고도 서 있는 자는 그 목이 성치 않을 것이다!"

푸라티안의 목소리는 박력이 있었다. 영지민들은 그 위압감에 절로 무릎을 꿇고 말았다. 사람들은 잘못 들었는가 싶어서 고개를 갸웃거렸다.

"얀키누스 하멜론?"

"호, 황제폐하?"

아무리 무지하더라도 황제를 모르는 사람은 없다.

"바닥에 얼굴을 박아라! 카밀 하이파! 네 죄는 여기 있는 모든 사람이 보았다!"

푸라티안이 카밀을 향해 호통을 쳤다. 카밀은 어찌 된 영문인지 몰라 벌벌 떨며 자신의 건달패를 바라봤다.

"황제? 황제폐하?"

건달들이 멍한 얼굴로 무릎을 꿇었다. 상황이 심상치 않았다. 그들은 카밀을 도와줄 여유조차 없었다. 상대가 황제가 맞다면 당장 간이고 쓸개고 내놓아야 목숨을 부지할 수 있었다.

"황족을 능멸한 죄가 뭐였더라……."

두건을 눌러썼던 사내, 얀키누스가 카밀의 턱을 발끝으로 들어 올렸다.

카밀이 발끝에 이끌려 엉거주춤하게 고개를 들었다. 얼굴은 사색이 되었다. 주변은 이미 기사로 추정되는 사내들이 제압한 상태였다. 어지간한 고위귀족이 아니라면 남의 영지에서 이런 횡포를 부리는 건 불가능했다.

'……일부러 날 도발한 거다.'

정신이 번쩍 들었다. 카밀이 벌벌 떨었다. 황제의 수법은 어깨 너머로 몇 번이나 들었다. 온갖 꼬투리가 잡혀 황제에게 영지와 재산을 몰수당한 귀족은 한둘이 아니다. 그 악명을 모르는 귀족은 없다.

"카밀 하이파, 내가 아까 뭐라고 했는지 기억하느냐?"

"그, 그게."

카밀은 말을 더듬었다.

"낮은 신분이 높은 신분에게 대들면…… 그다음 내가 뭐라 했지?"

카밀은 화살에 맞은 통증조차 잊은 채로 머리를 바닥에 찧었다.

"……죽어 마땅하다고 하셨습니다, 폐하."

얀키누스는 대답 없이 기사들이 가져온 망토를 걸쳤다. 자색독수리 망토가 길게 펄럭였다. 황제만이 걸칠 수 있는 망토였다.

얀키누스의 미소가 카밀을 내려다보았다. 호사가들의 입에서 오르락내리락하던 황제의 모습 그대로였다.

'사악하고도 오만하다.'

뚱보 카밀은 눈을 질끈 감았다.

🕊

정당한 사유 없이는 설사 황제일지라도 귀족의 땅을 몰수하지 못한다. 허나 그 정당한 사유란 건 힘의 관계에 따라 다르게 적용된다.

얀키누스는 성안으로 들어갔다. 자색독수리 망토가 얀키누스의 걸음걸이를 따라 좌우로 흔들렸다.

저벅, 저벅.

길게 이어진 복도를 지나 영주의 의자에 앉았다. 그 앞에는 하이파 백작과 그 가신들이 고개를 숙이고 있었다.

철컹.

쇳소리가 조용히 퍼졌다. 무장한 병사들이 성안을 오갔다.

어느새 자보카 변경백의 기사들이 하이파 백작의 성을 점거했다. 병사까지 합해서 오십여 명의 소수였지만 예상치 못한 급습에 하이파 백작은 손쓸 도리도 없이 당했다.

"폐하, 이렇게 모실 수 있어서 영광입니다."

덩치가 큰 자보카 변경백이 말했다. 털가죽이 달린 철갑옷이 두드러졌다. 그는 북서의 변방을 맡는 영주였고, 본래 친황제 파벌은 아니었다. 그러나 얀키누스는 자보카 변경백에게 거절할 수 없는 제안을 했다.

얀키누스는 고개를 숙인 하이파 백작을 바라봤다. 그 옆에는 둘째 아들 카밀도 있었다.

"하이파 백작⋯⋯. 그대의 아들이 반란을 획책했고 나아가 황족을 능멸했네. 이미 많은 백성들이 그 모습을 봤지. 그냥 넘어갈 순 없는 문제네."

"폐하! 철없이 뭣도 모르고 지껄이는 아이입니다! 부디 용서해 주시옵소서!"

하이파 백작이 고개를 깊게 조아렸다. 카밀의 소식은 벌써 그의 귀에 들어갔다.

'술집에서 반란에 대해 떠들고, 그것도 모자라서 황제의 몸에 손을 댔다. 멍청한 놈!'

하이파 백작은 당장에라도 아들을 창고로 끌고 가 죽도록 두들겨 패고 싶었다.

"카밀, 여자를 안는 걸 좋아하나?"

얀키누스가 맥락 없이 물었다. 카밀은 떨떠름하게 대답했다.

"조, 좋아합니다."

"여자를 안을 수 있으면, 스스로 행동에 책임을 질 수 있는 나이지."

얀키누스가 키득키득 웃으며 다리를 꼬았다.

하이파 백작은 결단을 내려야 했다.

"제가 아들의 목을 베겠습니다, 폐하."

하이파 백작을 고개를 숙이며 말했다.

'대를 아들은 두 명이 더 있다.'

하이파 백작에게는 아들이 셋이 있다. 비록 첫째는 몸이 약하더라도, 셋째가 있었다. 황제가 더 꼬투리를 잡기 전에 문제의 원흉인 둘째 카밀을 죽이면 된다.

"나를 피도 눈물도 없는 사람으로 만들지 말게, 하이파 백작. 어찌 아비가 자식을 죽이게 한단 말인가!"

얀키누스가 손을 저으며 말했다.

겉으로 보기엔 따스한 말이었다. 하지만 하이파 백작은 황제의 잔혹한 행적을 잘 안다. 그의 표정은 더욱더 어두웠다.

상황이 안 좋아진 걸 안 카밀이 하이파 백작의 바짓가랑이를 붙잡았다.

"아, 아버지! 개과천선하겠습니다! 앞으로 아버지의 명을 어기는 일이 없을 거며, 행동거지도 조심하겠습니다……."

카밀은 있는 말 없는 말 다 꺼내며 눈물을 터트렸다. 그 모습을 본 하이파 백작을 칼을 떨어뜨리곤 고개를 저었다.

"멍청한 놈. 네 목숨이 지금 중요한 게 아니야. 우린 끝장이다."

하이파 백작이 중얼거리며 얀키누스를 돌아봤다.

"하이파 백작, 농가 셋을 그대의 소유로 남겨주겠네. 지주 노릇을 하면 굶진 않겠지. 그리고 영지 인계가 끝나면 하이파 백작령은 자보카 경이 인수해 통치할 거네."

자보카 변경백이 고개를 끄덕이며 한 발자국 앞으로 나왔다. 그의 입가가 살짝 올라갔다.

영지를 준다는 건 영주들 입장에서는 결코 거절할 수 없는 매력적인 제안이었다.

'이게 거래 내용이었군. 자보카를 끌어들여 내 영지를 뺏었어.'

수많은 제국의 영주들이 황제의 손에 몰락했다. 하이파 백작도 그런 신세가 되었다. 이제 성을 나서면 하이파 백작이라는 명칭조차 쓰지 못한다.

자보카 변경백은 하이파 영지를 대가로 황제를 도왔다. 훗날 제국이 몰락하든 말든 합법적인 영토가 많이 있으면 어떻게든 살아남을 수 있다. 지금 같은 시기에는 덩치를 불리는 게 중요했다.

'이렇게 혼란한 시기일수록 영지가 더 많으면 좋지.'

자보카 변경백은 영주의 의자에 앉은 황제 얀키누스를 바라봤다.

'그나저나 황제가 전투에서 패해 도망치는 신세라니……. 천하의 제국과 황제도 몰락하는 건가…….'

자보카 변경백 씁쓸한 미소를 흘렸다. 영원한 불멸할 줄 알았던 제국이 기울고 있었다. 아직 제국이 끝난 건 아니지만 일곱 왕국의 독립은 뻔한 수순이었다. 이번 전쟁에서 제국이 이

기더라도 그 위세는 예전 같지 않을 터다.

'영지 서넛만 더 흡수한다면 나도 왕좌도 노릴 만해. 하이파 백작령은 확장의 주춧돌이다.'

자보카 변경백의 마음속에서도 야망이 끓어올랐다. 제국의 보호를 바랄 수 없다면 자신의 힘으로 스스로를 지켜야 한다.

하이파 백작은 모든 게 끝났다는 걸 알았다. 허무해서 웃음이 나올 지경이었다.

"하루아침에……."

오늘 아침까지만 해도 자보카 변경백의 방문을 반겼다. 호위가 좀 과하게 많아서 이상하게 여겼으나 크게 신경 쓰진 않았다. 자보카 변경백에게는 딸이 있었고, 하이파 백작은 당연히 혼인 이야기가 나올 줄 알았다. 그러나 자보카 변경백은 성에 들어오자마자 무력으로 하이파 백작을 제압했다.

"웃기는군! 이게 말이 된다고 생각합니까! 자보카 변경백은 성에 들어오자마자 무력행사를 했습니다! 다 짜고 치는 판이지! 처음부터 내 영지를 집어삼킬 속셈으로 왔으면서! 전부 다 헛소리! 헛소리투성이지!"

하이파 백작이 발광하며 외쳤다. 하지만 그의 아들 카밀이 반란 이야기를 꺼냈으며, 황제의 몸에 손을 댄 건 사실이다. 목격자가 워낙 많아서 반박할 여지도 없었다.

조그마한 명분만 있으면 나머진 힘의 논리로 해결된다. 황제 얀키누스와 자보카 변경백은 하이파 백작령을 단숨에 집어삼켰다.

"황제? 웃기고 있네! 야만인에게 패해 도망치는 신세인 주제에! 내 선조가 일군 땅을 무슨 자격으로 주고 말고 한단 말인가! 여긴 우리 가문의 땅이다!"

하이파 백작은 핏발이 선 눈동자를 치켜뜨며 얀키누스에게 삿대질을 했다. 얀키누스도 발끈하며 상체를 앞으로 굽혔다.

"내가 야만인과 맞서 싸우는 동안, 너는 따스한 벽난로 앞에 앉아서 술이나 마셨겠지. 그런 주제에 땅의 권리를 운운한단 말인가?"

얀키누스의 목소리에도 분노가 서렸다. 포를카나-연맹군에게 패해서 속이 쓰린 사람은 그 누구보다 얀키누스였다.

"그래, 우리를 지키기 위해 매번 세금을 거두는 게 아닌가! 그건 황제가 아닌 바보도 아는 사실이다! 귀족들에게 거둔 세금으로 동대륙이나 서부개척이니 하면서 돈을 낭비한 머저리가 여기에 있군! 그 돈으로 군대를 키웠다면 이렇게 야만인들에게 패하지도 않았겠지! 부끄러운 줄 알아라! 얀키누스!"

하이파 백작이 끝까지 외쳤다.

얀키누스가 턱을 괴며 잠시 침묵했다. 그는 조용히 옆에 있는 병사에게 손을 뻗었다.

"……쇠뇌."

얀키누스는 쇠뇌를 받아 들곤 하이파 백작을 겨누었다.

"할 말이 없으니 내 목숨을 뺏겠다고 하는군! 넌 잘못이 없다! 카밀! 내 아들아! 그저 폭군에게 이용을 당한 거지!"

하이파 백작이 팔을 벌리며 죽일 테면 죽여보라는 듯이 앞으로 나섰다.

얀키누스는 눈을 가늘게 뜨며 쇠뇌를 조준했다.

"너는 모른다. 내가 산맥을 넘지 않았다면 우린 앞으로도 그곳이 세상의 끝인 줄 알고 살아갔겠지. 그 너머를 보지도 못한 채, 존재하지도 않는 허상을 믿으며 금기를 두려워했을 거다. 불멸의 영광은 보이지 않는 어둠을 횃불도 없이 걸어가는 사람에게 있다. 지도에 나오지 않는 길을 두려워하는 너 같은 놈은 이해하지 못하겠지."

"하, 하하! 그래서 제국의 영토에 들끓는 야만인들은 누구의 탓이란 말인가!"

얀키누스가 쇠뇌의 방아쇠를 당겼다.

피-슛!

날아간 화살이 살덩어리에 박혔다. 하이파 백작은 눈을 질끈 감았지만 아무런 통증이 없었다.

"커억, 컥, 컥."

화살에 맞은 사람은 뚱보 카밀이었다. 가슴을 파고든 화살 때문에 피를 토하며 괴로워했다.

"……죽음을 각오한 자를 죽여봐야 아무런 의미가 없지. 아들이 셋이라고 했나? 한 순간의 화를 참지 못한 아비 때문에 모두 죽겠군."

얀키누스가 자보카 변경백에게 손짓했다. 병사들이 하이파 백작의 남은 아들들을 질질 끌고 나왔다.

"아, 아버지. 저, 저는 살고 싶어요……. 컥, 컥."

카밀이 피를 토하며 말했다. 하이파 백작이 입술을 잘근잘근 깨물며 분노를 토했다.

뎅겅!

병사들이 하이파 백작의 다른 아들들의 목도 베었다.

하이파 백작은 허망하게 땅바닥을 뒹구는 아들의 머리를 바라봤다.

"넌 인간도 아니다! 얀키누스! 빌어먹을 개자식아아아아아!! 루께서 네게 저주를 내릴 거다! 넌 반드시 그 대가를 치를 거다!"

하이파 백작이 악을 쓰며 외쳤다. 병사들이 하이파 백작의 팔을 붙잡곤 질질 끌고 나갔다. 그의 원망 섞인 목소리가 멀어졌다.

"말과 호위를 준비하게, 자보카 경. 나는 약속을 지켰으니 이제 경의 차례로군."

"가장 실력이 좋은 병사와 기사들을 호위로 붙이겠습니다."

얀키누스는 자보카가 준비하는 동안 성 밖으로 나가 영지를 둘러봤다. 그는 말을 타고 자신이 숨었던 농가로 향했다.

히이잉!

얀키누스의 말 울음소리에 집안에 있던 프레이가 밖으로 나왔다. 그녀가 벌벌 떨며 바로 머리를 조아렸다.

"폐, 폐하! 황제폐하! 제 무례를 용서하세요!"

"머리를 들어라, 프레이. 용서하고 자시고도 없지. 넌 내가 힘들 때에 호의를 베풀었으니 오히려 내가 감사할 따름이지. 그 친절은 잊지 않겠다."

헛간을 청소하던 클리온도 뛰쳐나와 고개를 숙였다.

"황제폐하…… 흠, 흠."

클리온도 자신의 언행을 되돌아보며 헛기침을 했다.

"클리온, 앞으로 하이파 영지의 주인이 될 자보카 경에게 네 이야기를 했다. 농부가 아닌 병사로 출세하고 싶으면 자보카 경을 찾아가라. 운이 좋다면 수비대장의 위치까지도 올라갈 수 있을 터. 곧 전란의 시대가 올 거다. 남자라면 칼을 쥐고 성공을 꿈꿀 수도 있지."

"……앞으로 전란이 올 거면 더더욱 병사가 될 수 없습니다."

클리온의 대답에 오히려 프레이가 화들짝 놀랐다. 얀키누스는 눈을 가늘게 떴다.

"어째서?"

"그런 시기에 가족의 곁을 비울 순 없으니까요. 아버지는 늙어서 이제 가족을 지킬 힘이 없습니다. 제가 가족을 돌보고 지켜야 하죠. 누이를 지켜주셔서 진심으로 감사드립니다, 제 능력으로는 할 수 없는 일이었습니다."

얀키누스가 미묘하게 웃으며 고개를 끄덕였다. 그는 말머리를 돌려서 떠나려 했다. 한시가 급하기에 오래 머물 생각이 없었다.

"폐, 폐하!"

프레이가 용기를 짜내 외쳤다. 얀키누스가 뒤를 돌아봤다.

소녀의 얼굴은 붉었다. 절세의 미인은 아니었으나 순박한 매력이 있었다. 속과 겉이 다르지 않는 소녀였다.

"저, 저는 폐, 폐하를 곁에서 모시고 싶, 싶습니다."

프레이가 속삭이듯 말했다. 그녀의 젖은 눈동자가 반짝였다.

얀키누스가 헛웃음을 터트리며 말에서 내리더니 프레이의 머리를 쓰다듬었다.

"너는 나를 모른다, 프레이. 나를 증오하는 여자는 많아도 사랑하는 여자는 없지. 부디 나에 대한 좋은 기억만 가지고 있길 바란다. 그래서 널 곁에 둘 수 없어. 분명 나를 증오할 테니까."

"저, 저는 괜찮아요. 폐하처럼 친절한 남자는 지금까지 없었어요."

얀키누스는 더 커지는 웃음을 참지 못했다.

자신의 여성편력은 얀키누스 본인이 더 잘 안다. 그 가학심과 성벽은 통제할 수 있는 영역이 아니었다. 그는 정상적인 사랑을 모른다. 남들처럼 여성에 대한 애정과 감정을 느끼지 못했다.

"클리온! 네 누이를 데려가라!"

얀키누스가 말에 올라타며 외쳤다. 프레이가 울먹이며 뭐라 말하려고 했지만 클리온이 제지했다.

클리온이 얀키누스를 향해 고개를 끄덕였다. 얀키누스가 말고삐를 힘껏 잡았다.

"누나, 상대는 황제야. 바랄 걸 바라야지. 딱 봐도 핑계잖아. 주변에 미녀가 널렸을 텐데 뭣 때문에 예쁘지도 않는 평민 여자를 안겠어?"

클리온이 프레이의 어깨를 두드리며 위로 아닌 위로를 했다. 그들은 멀어지는 얀키누스의 뒷모습을 바라보다가 자신의 자리로 돌아갔다.

Chapter 6

　고트발은 포로들 사이에서 오가는 소문을 들었다. 포로들
은 한 소녀에 대해 이야기를 했다.

　"성녀?"

　"그 아가씨 덕분에 연달아 승리할 수 있었죠. 하지만 그것도
여기까지인가 봅니다."

　"좀 더 자세한 이야기를 듣고 싶습니다."

　고트발은 포로에게 바샤의 이야기를 들었다. 고트발의 눈
동자가 점점 커졌다.

　"그게 사실입니까?"

　"나귀를 타고 사제의 외투를 걸친 채로 군대를 찾아왔습니
다. 처음에는 다들 미친 여자라고 수군거렸죠. 하지만 여인의

몸으로 먼 길을 홀로 여행했다는 것 자체가 루의 은총을 받은 증거일 겁니다. 싸움이 일어나면 화살과 창조차 그 아가씨를 피해가더군요."

"그 아가씨의 이름이 뭡니까?"

"바샤입니다. 여자라곤 그 아가씨밖에 없으니 찾기 쉬울 겁니다."

고트발은 빈 소매를 펄럭이며 바샤를 찾아 포로들 사이를 오갔다. 몇몇 포로가 고트발을 알아보곤 말을 걸었다.

"사제님……."

"부디 은총을."

고트발은 바쁜 와중에도 사람들을 위해 기도하며 위안의 기도를 했다.

"저 사람이 누군데? 왜 야만인 군대에 있는 거야?"

"외팔이 성자 고트발 몰라?"

"아, 외팔이 사제가 있다는 소문은 들었어. 그게 저 사제님 이야?"

"워낙 경건한 사람이라 야만인들조차 함부로 대하지 못한다고 하더군. 대단한 분이시지."

고트발은 바샤를 찾아다녔지만 좀처럼 여자가 보이지 않았다.

'혹시라도…….'

나쁜 생각이 들었다. 고트발은 눈을 질끈 감았다. 연맹군이 여자를 어떻게 대하는지는 고트발도 잘 안다. 하물며 적으로 싸운 여자를 그냥 둘 리가 없었다.

'부디······.'

고트발은 바샤가 멀쩡하길 바라며 주변 포로들에게 그녀의 행방을 물었다.

"아까 야만인들이 끌고 갔소! 사제 양반! 제발 야만인들에게 험한 꼴을 당하지 않게 도와주시오!"

바샤의 행방을 아는 포로가 외쳤다. 고트발은 제국어를 아는 전사들을 수소문해서 바샤가 간 곳을 알아냈다.

"유릭이?"

고트발은 이맛살을 찌푸렸다. 유릭도 야만인이며 성욕이 활발한 청년이다. 여자 포로에게 무슨 짓을 할지 모른다.

고트발은 숨이 턱까지 차오르도록 뛰어서 유릭을 찾아갔다. 그는 평소답지 않게 천막 안으로 거칠게 뛰어 들어왔다.

"유릭!"

고트발이 눈을 크게 떴다. 건장한 체격을 가진 유릭이 상의를 벗어 던진 채로 서 있었다. 그 옆에는 바샤가 의자에 앉아 있었다.

"이야, 잘 왔어. 안 그래도 부르려고 했는데."

"무, 무슨 짓을 하는 겁니까! 유릭!"

"응?"

유릭이 고개를 기울이며 반문했다. 고트발은 유릭과 바샤를 번갈아 봤다. 유릭이 바샤를 겁탈하려고 하는 건 아닌 듯했다.

"아, 아무것도 아닙니다."

"와서 저 여자 얼굴에 약이라도 좀 발라줘. 아까부터 나를 죽일 듯이 노려보더라고."

유릭이 어깨를 으쓱하며 자기가 쓰는 연고를 고트발에게 던졌다.

"웃차."

유릭은 물수건으로 몸에 묻은 피를 덕지덕지 닦았다. 몸의 상처는 더 늘어서 멀쩡한 피부를 찾기가 어려울 정도였다. 화상과 흉터로 얼룩진 몸뚱이만 봐도 유릭의 삶이 어떠했는지 보였다.

"당신이 바로 그 유릭이로군."

바샤가 의자에 앉은 채로 말했다. 유릭은 어깨를 으쓱하며 목에 묻은 피를 물수건으로 닦았다.

"일단 치료나 받아. 여자 얼굴에 흉이 크게 지면 안 되니까."

"야만인의 수장."

바샤가 이를 바득 갈았다. 매일 밤 눈을 감으면 아비와 어미의 최후가 생생히 떠올랐다. 그녀는 조용히 눈동자를 굴려서 무기가 될 만한 걸 찾으려 했다.

"병사들에게 당신의 이야기는 들었습니다, 바샤."

고트발이 바샤 앞에 앉으며 말했다. 태양교의 사제가 왔는데도 바샤의 태도는 여전히 날카로웠다.

"어째서 태양교의 사제께서 야만인의 밑에 있는 거죠?"

"이들도 언젠가는 루의 사랑을 깨닫게 될 겁니다."

고트발이 바샤의 뺨에 연고를 발랐다.

"루께서 야만인을 사랑할 리가 없어요. 저들은 영원히 안식을 찾지 못할 거예요."

"루께선 야만인과 문명인을 가리지 않습니다. 그건 우리의 오만함이죠."

"저들이 우리의 땅을 불태우고 사람을 잔혹하게 죽였다고요! 그런데도 잘도 그런 말을 지껄이는군요! 모든 야만인은 죽여야 해요! 그게 루의 뜻입니다."

고트발이 미간을 찌푸렸다. 병사들에게 들었던 이야기와 전혀 달랐다. 성녀라는 생각이 들지 않았다.

"루의 뜻은 그렇게 쉬이 해석할 수 있는 게 아닙니다. 저는 여러 야만인을 봤습니다. 그리고 야만인도 루의 은총을 받을 수 있다는 걸 알았죠."

"제가 직접 루의 목소리를 들었어요! 야만인을 전부 죽이라고 말씀하셨죠. 북부의 야만인들도 루의 은총을 받는 우리를 건드리지 못했습니다."

"그러나 이들에겐 패해서 붙잡혔죠. 그렇다면 이것 역시 루의 뜻이로군요."

시골의 처녀가 제대로 된 태양사제를 상대로 말싸움에서 이길 리가 없다. 루의 뜻을 운운해서 먹히는 건 어디까지나 무지한 평민들 상대로다.

"이, 이, 이!"

분을 참지 못한 바샤가 어깨를 크게 들썩였다.

"고트발, 그만 놀려."

몸단장을 끝낸 유릭이 바샤 앞에 앉았다. 나무의자가 삐걱거리며 덜컹였다.

"놀리는 게 아닙니다. 아마도 이 아가씨는 루의 뜻을 잘못 이해하고 있는 듯합니다."

"정말로 루가 속삭일 수도 있는 거잖아? 안 그래?"

유릭이 낄낄 웃었다. 고트발은 한숨을 쉬며 한 발자국 뒤로 물러났다.

"이름이 바샤라고 했던가? 여기 음식 좀 먹어. 그렇게 엉덩이가 비쩍 말라서 나중에 애나 낳겠어?"

유릭이 고기와 과일이 담긴 쟁반을 바샤 쪽으로 밀었다.

"야만인의 음식은 먹지 않아."

"차려준 사람은 문명인이니까 먹어도 돼. 엄청 배가 고플 텐데? 벌써 반나절 넘게 굶지 않았나?"

이상하게도 유릭은 바샤에게 친절했다. 고트발은 그 광경을 보며 의아하게 여겼다.

'여자라서 딱히 친절하게 구는 건 아닐 텐데……'

고트발은 조용히 유릭의 등 뒤에 서서 상황을 지켜봤다. 바샤는 머뭇머뭇하다가 배가 많이 고팠는지 음식에 손을 댔다.

"고트발, 잠시 이야기 좀 해."

유릭은 고트발을 데리고 천막 바깥으로 나갔다. 천막 안이 조용해지자 바샤는 정신없이 음식을 먹어치웠다.

"유릭, 저 여자는 병사들 사이에서 성녀라고 불리고 있습니다. 어떻게 된 건지는 몰라도 병사들 사이에서 꽤나 신뢰를 얻고 있더군요."

"그래?"

"그거 때문에 바샤를 따로 부른 게 아닙니까?"

유릭이 피식 웃으며 고개를 저었다.

"내가 아는 여자야. 딱 한 번 봤지만 얼굴을 기억하고 있어. 처음에는 긴가민가했는데 이렇게 가까이서 보니까 확실하더군."

"저쪽은 당신을 알아보지 못한 것 같군요."

"그렇겠지. 상황이 난장판이었으니까 내가 누군지 모를 거야."

"어디서 만난 겁니까?"

"내가 약탈했던 마을의 생존자야. 나무통 안에서 벌벌 떨고 있는 걸 내가 숨겨주다시피 했지."

고트발이 휘청거렸다. 그는 비틀거리면서 균형을 간신히 잡았다. 머릿속에 벼락이 치는 듯했다. 온갖 기묘한 생각이 들었다.

"왜 살려준 겁니까?"

"그냥 질질 짜면서 숨어 있는 여자애까지 죽이려니까 찜찜해서 그랬지. 다른 전사들에게 들키면 어떻게 될지 뻔하잖아. 그냥 편하게 죽는 것도 아니고, 온갖 끔찍한 꼴을 다 당하다가 죽었겠지."

고트발의 표정이 밝아졌다. 그가 유릭의 팔을 잡고 방방 뛰다시피 했다.

"그게 바로 자비입니다! 유릭! 당신은 이미 잘 알고 실천하고 있었군요!"

"내가 약탈한 마을이었어. 그 애의 부모는 우리 손에 죽었겠지. 그런데도 자비를 베풀었다고 말할 수 있는 건가?"

"적어도 당신이 할 수 있는 최대한 자비를 베푼 거죠."

고트발은 진심으로 기뻐했다. 유릭이 너털웃음을 지었다.

"하여튼 저 여자를 저대로 놔두면 다른 전사들에게 붙잡혀 험한 꼴을 당할 거야. 그래서 따로 불렀지."

"제가 가르치고 지키겠습니다. 바샤는 당신의 자비로 살아 있는 소녀니까요. 당신이 루의 가르침을 따랐다는 상징입니다. 자비와 양심의 증거죠."

고트발이 흥분해서 말을 쏟아냈다.

"뭐가 뭔지 난 잘 모르겠지만 네가 좋아하니까 기분이 좋군."

유릭과 고트발이 이야기를 마치고 다시 천막으로 들어갔다. 음식이 가득했던 쟁반은 텅 비어 있었다.

"바, 샤?"

먼저 천막으로 들어간 고트발이 바샤를 찾아서 두리번거렸다. 옆에 숨어 있던 바샤가 유릭의 도끼를 들고 덤벼왔다.

"이야아아아아!"

바샤가 고함을 지르며 고트발을 밀치고 유릭을 노렸다.

"참나."

유릭이 보기에는 부족의 어린애가 덤비는 꼴이었다.

픽.

유릭이 앞발로 바샤를 걸어차며 길게 밀었다. 바샤가 땅바닥을 서너 번 뒹굴며 천막 안쪽으로 처박혔다.

"카악, 칵."

바샤가 기침을 하며 도끼를 찾아봤으나, 놓친 도끼는 저 멀리 떨어져 있었다.

"까불지 마라. 겨우 건진 목숨을 소중히 여기라고."

유릭이 떨어진 도끼를 잡아서 손아귀에서 빙글빙글 돌렸다.

"날 죽여라! 네게 능욕을 당할 바에 여기서 싸워 죽겠다! 루께서 내 영혼을 보살피시겠지!"

바샤가 크게 소리를 쳤다.

"능욕은 무슨, 난 가슴과 엉덩이가 빵빵한 여자가 좋아. 말라비틀어진 여자애한테 관심 없어. 주제를 알라고."

유릭이 빈정거리며 웃었다. 바샤의 얼굴은 분노와 치욕으로 달아올랐다.

"아아아아아!"

바샤가 다시 한번 소리를 지르며 벌떡 일어났다.

'루께서 우리에게 패배를 주신 까닭은 날 저 야만인과 마주하게 하기 위해서였어. 여기서 저 야만인을 죽이는 게 내 운명이다.'

바샤는 무작정 달려들었다.

휘익!

유릭이 바샤의 팔을 잡아서 기둥을 향해 던졌다. 얇은 몸뚱이가 허공을 날다시피 했다.

"루, 루께서…… 너를 용서하지 않을 거다."

바샤가 힘겹게 중얼거렸다. 그녀의 눈동자가 유릭을 노려봤다.

"사람을 죽이는 건 언제나 사람이야. 신을 찾아봐야 천벌 따윈 내려주지 않지. 누군가를 죽이고 싶으면 팔굽혀펴기를 열심히 하고, 손아귀가 찢어지도록 날붙이를 휘둘러야 돼."

유릭이 힘차게 팔을 휘둘렀다. 도끼가 바샤의 코앞에 떨어지며 앞머리를 몇 가닥 잘랐다. 바샤는 자신도 모르게 오줌을 지리고 말았다. 자신의 목이 잘린다고 착각했었다.

"아아, *끄으으끄윽.*"

바샤는 머리가 새하얗게 변하는 느낌이었다. 줄곧 루는 자신을 도와줬었다. 혼자서 황제를 찾아가는 동안 강도를 만나지 않았고, 귀족이든 누구든 만나는 사람마다 루의 이름을 언급하며 호의적으로 변했다. 사람들은 그녀가 비범하다고 떠받들었다.

'황제조차 내가 특별하다고 말했어.'

그러나 유릭의 앞에서는 그저 어린 계집에 불과했다. 아랫도리가 누렇게 젖어갔다. 폭력 앞에 육체가 굴복했다.

"종교적으로 뭔가 열망이 가득한 모양인데……. 입으로만 지껄이지 말고 이 성직자에게 배워라. 내가 아는 루는 누군가를 죽이라고 속삭이는 신이 아니야. 그건 오히려 야만의 신이나 하는 짓이지."

유릭이 고트발에게 턱짓을 했다. 고트발은 쓰러진 바샤를 부축하듯 일으켜 세웠다.

"왜 야만인의 부하 노릇을 하는 거죠? 당신은 루를 모시는 자잖아요. 어째서……. 저들에게 능욕당한 자들의 비명이 들리지 않나요? 선량한 자들이 고통을 받고 있는데, 왜 루께서는 아무런 도움도 주지 않는 거죠?"

바샤가 울먹이며 말했다. 고트발은 어색하게 웃었다.

"저도 아직 루의 뜻을 전부 알지 못합니다. 함께 같이 알아봅시다, 바샤."

포를카나-연맹군은 하멜을 향해 진군했다. 황제를 잡지 못했기 때문에 아직 전쟁이 완전히 끝나지 않았다. 승전에도 불구하고 연맹군 내부에서는 불온한 움직임이 많았다.

육손이의 얼굴에서 뚝뚝 떨어지는 불만을 모르는 사람은 없다. 부족 주술사의 권위는 나날이 밑으로 추락하고 있었다. 전투를 앞두고 주술사를 찾아오는 전사들은 줄었고, 상처를 입으면 문명세계의 성직자나 치료사를 찾아가는 자가 수두룩했다.

"저번 전염병도 이곳 사람의 약을 먹으니 거뜬히 낫더라고."

"그 하얀 옷을 입은 사람은 상처도 잘 꿰매주던걸?"

전사들에겐 문명인을 찾아가서 얻는 실리적인 이득이 있었다. 아무리 전통과 신앙이 중요하다지만 문명인을 찾아가면 당장의 목숨을 건질 수 있었다.

주술사들은 서서히 곤궁에 빠졌다. 그들이 평생 배워온 점성술과 치료술은 뒤떨어진 기술이었다. 도움이 되지 않는 주술사를 따르는 자는 서서히 줄었다.

"대족장도 그 외팔이 성직자를 옆에 두고 중용하잖아."

전사들의 말은 육손이의 귀까지 들어왔다. 전사들의 수장인 대족장조차 태양사제를 곁에 두는데 평전사들은 꺼릴 게 없었다.

"빌어먹을."

육손이가 손톱을 잘근잘근 깨물었다. 그는 주술사들을 이끄는 사람이다.

'내가 생각한 연맹의 미래는 이게 아니었어.'

전사는 유릭이 이끌고, 주술사는 육손이가 이끈다.

육손이가 생각한 건 권력의 이원화였다. 독재자이자 폭군인 사미칸이 없어지면서 유릭과 자신이 동등하게 권력을 나눌 거라 생각했다.

'원래 부족장과 제사장은 권력을 나누는 게 맞아. 그게 우리의 방식이지.'

대부분의 부족에서는 부족장과 제사장이 비등비등한 권위를 가지고 있다. 심지어 그 사미칸조차 제사장의 권위를 정면으로 부정하지 못했다.

"육손이, 어쩌면 우리는 사미칸이 있을 때보다 더 권위를 잃을지도 모르오. 저들의 신앙이 우리 전사들의 마음을 좀먹고 있소."

늙은 주술사가 불만에 가득 차서 중얼거렸다.

"사미칸은 포악했으나 적어도 문명의 종교를 우리 안으로 들이진 않았지. 지금의 대족장 유릭은 우리보다 태양의 성직자를 더 신뢰하는 듯하오."

사미칸을 그리워하는 주술사들마저 있었다. 사미칸을 축출할 때, 육손이가 거들었다는 걸 모르는 사람은 없다.

육손이가 주술사들을 한 번씩 훑어봤다.

'은근슬쩍 내게 책임을 묻는 거로군.'

육손이도 다양한 정치관계에 얽힌 몸이다. 연맹의 제사장이라고 모든 주술사가 그를 따르는 건 아니다. 유릭 밑에도 다양한 파벌이 있듯이, 육손이도 여러 파벌에 시달리는 신세였다.

"여러분의 의견은 잘 알겠소."

육손이가 귀찮다는 듯이 손을 저으며 회의를 끝냈다. 주술사들은 자리를 뜨면서도 육손이에게 한마디씩 거들었다.

"우리의 전통이 사라져선 안 되오, 육손이."

"대족장과 전사들이 하늘에 대한 믿음을 잃어버리면 천벌이 내릴 거요."

육손이는 주술사들의 구부러진 등을 바라봤다. 홀로 남은 육손이는 향로에 말린 잎을 넣어서 연기를 냈다.

치이이이.

여러 약제가 뒤엉키면서 퀴퀴한 향이 퍼졌다. 오랜 구전으로 전해진 배합이었다.

"오오오, 으으음, 음."

육손이가 눈을 뒤집으며 파르르 떨었다. 온갖 것이 다 보였다. 그의 영혼은 육체를 벗어나 하늘 위를 오갔다. 푸른 하늘이 무지개처럼 여러 색으로 변하며 뒤엉켰다. 태풍처럼 무지갯빛이 휘몰아쳤고, 육손이는 그 중심에서 지고의 쾌락을 느꼈다.

"하늘이여……."

육손이가 눈물을 흘렸다. 그는 하늘의 뜻을 여러 번 속이고 조작했다.

'날 용서하고, 올바른 길로 인도해 주시오.'

육손이는 몸을 파르르 떨며 밤새 잠을 잤다가 일어나길 반복했다.

약에 취한 육손이는 새벽이 돼서야 정신을 차렸다. 그는 지끈거리는 머리를 붙잡으며 천막 바깥으로 나갔다. 신선한 공기가 그의 안면을 툭툭 때렸다.

'저기쯤이었나.'

육손이는 야영지를 가로질러서 어디론가 향했다.

"제사장 육손이, 무슨 일로 온 거요?"

전사들이 경계하며 육손이의 앞을 막았다. 굉장히 무례한 짓이었으나 그들은 유릭의 충실한 수하들이었다. 육손이를 두려워하지 않고, 오로지 유릭의 말만 따랐다.

"외팔이 고트발을 만나러 왔네."

"고트발을?"

전사들이 이맛살을 찌푸렸다. 그들이 여기에 있는 것도 고트발을 호위하기 위해서였다. 다름 아닌 육손이의 암수로부터 고트발을 보호하는 게 그들의 임무였다.

"대족장에게 허가를 받고 오시오."

"이 내가? 고작 포로를 만나는 데 대족장의 허가를 받아야 한다고?"

"고트발은 포로가 아니라 대족장의 손님이오."

"내가 그 사내를 어떻게 해코지라도 할까 싶어서 이러는 건가!"

육손이가 노발대발했다. 그 소란을 들은 고트발이 바깥으로 나왔다.

"무슨 일입니까?"

육손이는 제국어에 서툴렀으나 고트발 곁에는 통역이 있어서 의사소통을 하는 데 문제가 없었다.

"이야기를 하고 싶소."

육손이가 고트발의 눈을 바라보며 말했다. 통역이 말을 전하기도 전에 고트발이 고개를 끄덕였다. 고트발도 그간 부족의 언어를 익혔으며, 육손이의 표정만 봐도 의도가 느껴졌다.

"안에서 이야기하죠."

고트발이 어색하게 부족어를 하며 천막의 문을 걷었다.

'태양 장식.'

육손이는 천막 안에 들어가자마자 낯선 장식에 이맛살을 찌푸렸다. 고트발은 자신의 천막 내부를 문명의 사원처럼 꾸몄다. 기도하는 자리에는 모피를 깔아뒀는데 무릎으로 눌린 자국이 선명했다.

육손이는 역겨운 거부감을 느꼈다. 그는 애써 표정을 갈무리하며 자리에 앉았다.

"길게 말하지 않겠소. 우리 전사들의 믿음을 흔들지 마시오."

육손이가 시커멓게 칠한 얼굴을 들어 올리며 말했다. 눈동자와 누런 이가 빛나듯 두드러졌다.

"흔든 적이 없습니다. 그저 자연스레 온 것뿐이죠. 저는 강요도 하지 않았습니다."

"헛소리! 포교를 위해 여기에 온 걸 알고 있소."

"부정하진 않겠지만, 강제로 포교한 적은 없습니다. 다친 사람을 치료하는 건 당연한 일이고, 그 때문에 전사들도 루의 자비와 사랑을 알게 된 것뿐이죠."

고트발은 차분히 말했다. 그는 육손이를 정면으로 바라봤다. 여섯 손가락은 거미다리처럼 기이하게 움직였다.

고트발은 사술에 휘말린 것처럼 어지러워 고개를 잠시 흔들었다.

'여기 있다 보면 언젠가 저자와 부딪힐 거라 생각했다.'

유릭도 고트발에게 몇 번이나 육손이에 대해 경고를 했다. 고트발이 연맹에서 영향력을 얻을수록 육손이는 불안해했다.

'야만부족의 어두운 신앙은 루의 빛에 흩어지는 법.'

울가로를 믿던 북부인들도 결국 체계화된 태양교의 위세에 굴했다. 태양교는 문명국가들만큼이나 형식을 잘 갖춘 종교였다. 하물며 부족마다 신앙체계가 모호한 서부에서는 태양교가 더 빠르게 스며들었다.

서부의 정점에 있는 유릭이 태양교에 호의적이었기에 전사들도 태양교를 접하는 데 거리낌이 없었다.

"우리의 삶과 방식에 더 이상 참견하지 마시오."

"그럴 순 없습니다."

고트발은 목숨이 아까워 뜻을 굽힐 사람이 아니다. 그런 자였다면 연맹에 지금까지 남아 있지도 않았다.

'골치 아프군. 대족장의 비호까지 받는 사람이니.'

죽일 수 있었으면 진작 죽였다.

육손이는 한숨을 크게 쉬었다. 그가 의자에 등을 기대며 가래 섞인 웃음을 터트렸다.

'낯선 땅에서 우리는 전쟁에서 이기고 있거늘, 나는 새로운 신앙과 맞서 싸워 패하고 있군.'

육손이가 한참이나 웃더니 몸을 앞으로 숙였다. 그가 여섯 손가락을 뻗었다.

"그렇다면 우리에게 당신네 의술을 가르쳐 주시오."

파격적인 제안이었다. 전사들이 태양사제에게 치료받는 이유는 경험적으로 문명의 의술이 더 뛰어났기 때문이다. 육손이는 자존심을 굽혀가며 자신의 영향력을 확보하려 했다.

고트발이 잠시 생각하더니 입을 열었다.

"젊은 주술사들을 제게 보내십쇼. 제국어를 어느 정도 할 줄 아는 사람이라면 더욱 좋습니다. 생명을 구할 사람은 많으면 많을수록 좋겠지요."

고트발은 아군, 적군 가리지 않고 의술을 베풀었다. 그는 언제나 루의 관용과 사랑을 몸소 실천했다.

"알겠소."

육손이는 지팡이를 흔들며 일어섰다. 두 사람의 약속대로 그날 저녁부터 견습 주술사들이 고트발을 찾아왔다. 젊은 주술사들은 배우는 속도가 빨랐고, 새로운 지식에 대한 거부감도 없었다.

"야만인을 가르치는 건가요?"

바샤가 인상을 찌푸리며 뒤에서 구경을 했다. 그녀는 고트발 밑에서 태양교에 대해 공부하고 있었다. 그러나 여전히 눈동자에는 증오와 분노가 번들거렸다.

"배움을 저쪽에서 먼저 청했으니 가르치는 걸 거절할 이유는 없지요."

고트발은 견습 주술사들에게 상처를 꿰매는 법과 문명세계의 약초를 쓰는 법을 가르쳤다. 그러면서도 종종 루의 가르침에 대해 읊조렸다.

"의술을 배우다 보면 태양교에 대해서도 같이 배울 겁니다."

고트발이 순순히 육손이의 제안을 받아들인 것도 이 때문이었다.

"저는 도저히 사제님을 이해할 수가 없네요. 이들은 우리의 마을과 도시를 불태운 놈들인데…… 어떻게 담담하게 가르칠 수가 있는 거죠? 저한테 칼만 준다면 저 목들을 전부 따버릴 거예요."

바샤의 언성이 서서히 커졌다. 제국어를 아는 주술사들이 눈을 치켜떴다.

"이들도 우리의 말을 압니다, 바샤. 말을 조심하세요."

"자신의 죄를 안다면 뻔뻔하게 우리한테 뭔가를 배우면 안되죠. 짐승만도 못한 놈들!"

"바샤!"

고트발도 목소리를 높여 호통을 쳤다. 바샤가 움찔했다. 고작 이틀 정도 고트발과 함께했지만, 고트발이 대단한 성직자라는 건 알았다. 가끔 그의 뒤에서 후광이 비치는 듯한 착각마저 일었다.

'타락하지 않은 사제.'

고트발은 바샤를 구해준 순례자처럼 경건하고 믿음은 올발랐다. 바샤가 다소 얌전하게 구는 것도 고트발 때문이었다.

"바샤, 당신을 구해준 야만인을 기억합니까?"

"그분은 야만인으로 현신한 루였죠."

"루께서는 야만인의 몸을 빌려서 당신을 구했습니다. 이들도 언젠가 루의 곁으로 돌아갈 자들이라는 거죠."

"그, 그건……"

고트발은 바샤에게 유릭의 이야기를 하지 않았다. 바샤가 알게 된다면 오히려 반발할지도 모른다고 생각했다.

'유릭과 바샤가 만난 것은 단순한 우연이 아니야. 기적인 거지.'

바샤는 자신을 구해준 야만인이 루의 현신이라 믿고 있었다. 그게 바샤가 가진 신앙의 근본이었다.

'완전히 틀린 말도 아니야. 루께서 잠시 유릭의 몸을 빌려 바샤를 구해준 것일 수도 있지.'

고트발도 유릭의 곁에서 기적과도 같은 광경을 보았다. 초월적인 존재들이 유릭을 지키는 듯했다. 그런 모습을 볼 때마다 유릭을 올바른 길로 인도해야 한다는 사명감이 커져만 갔다.

"증오와 분노를 버리세요, 바샤. 루를 이해하고 싶으면 거기서부터 시작해야 합니다."

고트발이 다독이듯 말했다. 바샤는 내키지 않는 듯이 입술을 비틀었다.

"왜 야만인의 수장 유릭에게는 그런 말을 하지 않는 거죠? 그 누구보다 폭력을 많이 휘두르고 증오와 분노를 자신의 힘으로 삼는 자잖아요. 사제님께서 유릭의 부하라서 그런 게 아닌가요?"

"유릭이 싸우는 이유는 증오도 분노도 아닙니다. 저는 유릭에 대해 당신보다 잘 압니다. 이 전쟁이 벌어지기 전에도 만난 적이 있었지요. 분명 유릭 같은 전사들은 분노와 증오를 불태워 싸웁니다……."

"그렇다면 그 누구보다 루의 가르침을 어기는 자잖아요."

바샤가 말꼬리를 잡았다는 듯이 공격을 이었다. 그녀는 아직 고트발과 논쟁해서 한 번도 이긴 적이 없었다.

"바샤, 한 가지 알아둬야 할 게 있습니다. 유릭은 문명인을 미워하고 증오하지 않습니다. 오히려 그 반대에 가깝죠. 대족장 유릭이 싸우는 까닭은 문명인보다 자신의 동포들을 더 사랑하기 때문입니다."

"그건 이상한 말이네요, 사제님. 유릭이 죽인 문명인은 분명 수백이 넘을 거예요."

"인간은 신과 달리 불완전하기에 완전한 사랑을 하지 못합니다. 누군가를 가장 사랑한다는 건 다른 누군가를 덜 사랑한다는 뜻이기도 합니다. 유릭의 고통은 그 누구도 이해하지 못할 겁니다. 저를 비롯해서요."

바샤는 도무지 고트발의 말을 이해하지 못했기에 할 말도 생각나지 않았다. 그녀는 그저 인상만 찌푸렸다.

Chapter 7

"결국 황제는 찾지 못했어. 살아 있다면 지금쯤 하멜에 도착했겠지."

그렇게 말한 바르카가 유릭을 힐끗 바라봤다. 의자에 앉아 있는 유릭은 지쳐 보였다.

유릭은 바르카 또래인데도 열 살은 더 많아 보였다. 단순히 외모 때문이 아니라 유릭이 풍기는 분위기가 가을처럼 스산했다.

'밤새 타오른 모닥불 같아.'

유릭을 보고 있으면 마지막 불씨가 타닥타닥 타오르며 생을 고하는 듯했다. 유릭은 그 누구보다 열정적으로 하루하루를 살아온 사내였다. 다른 사람들보다 삶의 밀도가 높았다.

"결국 하멜을 공략해야 하는 건가?"

유릭이 입을 떼자, 다른 지휘관들이 침묵했다.

"여기서 화평은 어떻소? 이 정도로 제국을 몰아붙였으면 좋은 조건을 받아낼 수 있을 것 같소만."

룽겔 공작의 말에 고개를 끄덕이는 자들이 많았다.

"하멜을 포위하고 화평을 요구하는 게 좋을 것 같소. 어쨌거나 전투에서 승리한 건 우리니까, 제국도 받아들이겠지."

정론에 반박하는 사람은 없었다. 전쟁은 좋아서 하는 게 아니라 필요해서 하는 것뿐이다.

유릭도 딱히 입을 떼지 않고 의견에 동조했다. 조약을 맺어 서부의 안전과 자유를 얻을 수 있다면 유릭도 만족했다.

행동방침이 정해지자 하나둘씩 회의장을 빠져나갔다. 게오르크는 뜸을 들이다가 유릭의 곁에 다가와 속삭였다.

"유릭, 화평조약을 맺을 때에 최대한 우리에게 유리한 걸 많이 얻어야 합니다. 바르카 왕과 절친한 사이인 건 알지만, 이득을 양보해선 안 됩니다. 가장 힘들게 싸우고 고생한 건 연맹군이니까요."

게오르크가 몇 번이나 이득을 강조했다. 연맹군이 하나의 국가로 성립해야 게오르크도 높은 지위에 올라설 수 있었다.

'부족군대는 전쟁이 없어지면 흐지부지 흩어질 가능성이 높아. 그전에 국가로 성립해야 한다.'

게오르크는 전쟁 이후를 생각했다. 일생일대의 기회가 지금이었다. 유릭의 측근은 많았으나, 지략을 갖춘 사람은 게오르크가 유일무이했다. 문관의 일은 게오르크가 도맡아 했으며, 전쟁이 끝나면 가장 출세하는 것도 문관이다.

'유릭의 측근 중에서 제일 출세하는 건 바로 나다.'

게오르크가 히쭉 웃었다.

"게오르크, 전쟁은 아직 끝나지 않았어."

유릭이 운철단도를 꺼내서 이리저리 돌렸다. 벨루아에게 받은 운철단도는 대단한 보물이었다. 기름칠을 하지 않아도 녹이 생기지 않았고 가벼우며 단단했다.

'하늘에서 내려온 철로 만든 단도.'

유릭은 운철단도를 돌리다가 가죽칼집에 다시 집어넣었다.

"황제는 아마 화평을 받아들일 겁니다. 우리보다 조급한 건 그쪽이죠."

"글쎄."

유릭이 가볍게 웃었다.

"제국이 화평을 하지 않을 거라 생각하는 겁니까?"

"덩치로 비교하면 우린 제국을 이기지 못해. 국력도 인구도 모든 면에 부족하지."

"하지만 우린 이기고 있습니다."

"그건 제국이 자신의 힘을 전부 쓰지 못하기 때문이야. 문명국가는 언제나 팔다리가 묶인 상태나 마찬가지거든. 잃을 게

많기 때문에 전력을 다하지 못하지."

제국의 변방에 있는 지방영주들은 자신의 병력을 보존하고 있다. 황제의 명에 소집되는 병력은 제국의 총병력에 비하면 일부에 불과하다.

"우린 보급부대도 없어서 하멜을 오래 포위하지 못할 거야. 연맹군은 계속 떠돌면서 약탈하는 군대. 오랫동안 공성전을 펼칠 여력이 없어. 포를카나에서 오는 보급만으로는 버티지 못해."

"제국은 화평을 맺을 겁니다. 평화를 원하는 건 마찬가지니까요."

게오르크가 애써 유릭의 불안을 지우듯 말했다.

"제국이 원하는 건 중요하지 않아. 황제의 의도가 중요한 거지."

포를카나-연맹군은 강행군을 했다. 빠르면 빠를수록 포를카나-연맹군에겐 이득이었다. 강행군을 버티지 못하고 낙오한 이도 많았다. 뒤떨어진 부대는 후속부대로 따로 편성했다.

연맹군은 천막조차 설치하지 않고 숙영을 했다. 야영지 설치가 없는 만큼 이동은 훨씬 빨랐다.

"대족장!"

카타기가 유릭이 누워 있는 나무 밑으로 허겁지겁 뛰어왔다. 아직 해가 지지 않았지만 유릭은 곤히 자고 있다가 눈을 떴다.

"쓸데없는 일로 날 깨운 거면……."

유릭이 짜증을 내며 하품을 했다. 그는 일어나자마자 습관적으로 머리맡에 무기가 있는지 확인했다.

"육손이가 제사를 지내고 있습니다."

"그게 별일이야? 제사장이니까 당연히 제사를 지내지."

유릭은 그렇게 말하면서도 주섬주섬 일어나서 무기를 허리에 매달았다.

"육손이는 다음 전투의 승패에 대해서 점을 친다고 합니다. 대족장께서 그리 명하셨습니까?"

"내가 점치는 거 안 좋아하는 건 알잖아?"

유릭이 키득키득 웃으며 성큼성큼 걸어갔다. 기다리고 있던 전사들이 고개를 까딱하며 합류했다.

유릭은 전사 이십여 명을 이끌고 육손이를 찾아갔다. 이미 수백이 넘는 전사가 모여 있었고, 야만의 풍습을 구경하러 온 문명인도 다수 있었다.

육손이는 평소보다 더욱 짙게 얼굴을 검은색으로 칠했다. 새하얗게 치켜뜬 눈동자는 인간이 아닌 것처럼 기묘했다. 팔을 움직일 때마다 뼈 장신구들이 부딪히며 소리가 났다.

"우우우움, 움."

다른 주술사들이 침음을 길게 내며 분위기를 돋웠다. 규칙

적인 북소리는 보는 사람의 심장까지 두들기는 듯했다.

피부를 새카맣게 칠하고, 벌거벗은 전사들이 누군가를 질질 끌고 왔다.

"으, 읍읍!"

제물로 끌려온 건 사람이었다. 재갈이 물려 있었지만 자신이 어떤 꼴을 당할지 예상하는 듯했다.

"육손이……."

유릭은 인신공양을 지금까지 금지했었다. 반발은 컸지만 문명인 군대와의 조화를 위해서 필요한 조치였다.

"오오오오오오!"

전사들이 흥분했다. 다들 희열에 가득 찬 얼굴로 제물의 배를 가르길 기다렸다.

"읍! 으으으읍!"

포로가 발버둥 쳤다. 그 광경을 본 문명인들이 하나같이 인상을 찌푸리며 뭐라 욕설을 내뱉었다. 차마 더 이상 보지 못하고 자리를 피하는 자들도 많았다.

"카타기."

유릭이 눈을 가늘게 뜨며 카타기를 불렀다. 카타기는 조심스러운 태도로 유릭의 말을 기다렸다.

"……막아라."

"알겠습니다."

인신공양은 민감한 문제였다. 더군다나 전투를 앞두고 제사장의 제사를 방해하는 건 무척이나 위험한 행동이다. 그 사미칸조차 제사를 시작했다면 함부로 건드리지 않았다.

그러나 카타기는 망설이지 않았다. 그는 유릭의 명이라면 불구덩이라도 뛰어 들어갈 사내였다.

"멈춰라, 제사장 육손이. 대족장의 명이오."

카타기는 전사들을 이끌고 난입했다. 삽시간에 주변은 소란스러웠다. 아우성치는 목소리는 높아만 갔다.

"천기의 흐름이 여기에 왔다, 카타기. 날 방해하지 마라."

육손이의 목소리는 평소와 달랐다. 철판을 못으로 긁듯 기분이 나빠지는 목소리였다.

"대족장의 명이라고 나는 말했소. 사람 대신에 동물을 제물로 바친다면 대족장께서도 아무런 말을 하지 않을 거요."

"중요한 전투가 있다면 귀한 제물을 바치는 게 당연한 법."

카타기는 더 이상 말을 하지 않았다. 그가 손짓을 하자 전사들이 제물로 붙잡힌 포로를 끌고 왔다.

"우우우우우!"

사방에서 야유가 쏟아졌다. 포로의 내장이 쏟아지길 기다리던 전사들이 실망한 표정으로 카타기와 유릭을 쳐다봤다.

"내장과 피를!"

"우리의 방식을 잊은 거요? 대족장!"

째나 영향력이 있는 전사들이 목청을 높였다. 전통을 지키려는 전사들은 연맹 내에 많았다. 인신공양 직전까지 갔던 터라 반발은 더욱 심했다.

'육손이의 노림수로군.'

유릭은 반발을 가만히 바라봤다. 전사들의 마음도 충분히 이해했다.

인신공양은 훌륭한 볼거리이기도 했다. 주술사들은 날카로운 단도만으로 사람을 해체하다시피 한다. 목부터 갈라서 고통을 덜어주는 경우도 있었으나, 때론 산 채로 배를 가르고 내장을 꺼내기도 한다. 내장을 꺼내는 동안 제물이 오래 살아 있을수록 길조였다.

말다툼이 일면서 분위기가 사납게 달아올랐다. 전사들은 자신도 모르게 무기에 손을 가져갔다.

"유릭, 육손… 이를 그냥 놔둬… 라."

제사를 구경하던 올가가 성큼성큼 걸어서 유릭에게 접근했다. 올가는 잔혹하고 피를 좋아했으나, 그게 부족사회에서는 모범적인 전사였다.

"인신공양을 하면 문명인들이 싫어할 거다. 연맹에는 문명인 군대의 힘이 필요해. 공성전을 앞두고 있다면 더욱 그렇지."

"왜 우리가 저들의 눈… 치를 봐야… 하는 거지? 저들은 우리의 방식을 존… 중해야 돼. 우리가 저들… 보다 더 강하다."

올가가 눈을 부릅뜨며 유릭을 바라봤다.

"올가, 우린 더 이상 사람을 제물로 바치지 않아도 돼. 앞으로 많은 게 변할 거다."

유릭이 담담하게 대답했다. 올가의 표정은 더욱 크게 일그러졌다.

"우리는 변하… 지 않아. 변해야 할 건 문명인들이다. 우리가 더 강… 한데 왜 저들의 방… 식을 존중… 하고 따라야 하지?"

올가의 어깨가 흥분으로 들썩였다. 유릭의 편인데도 올가의 말에 동조하는 전사들이 있었다. 그동안 쌓인 울분 때문이었다.

유릭은 진보적인 대족장이었고 문명인의 방식을 좋아했다. 그 행보를 답답하게 여긴 전사들이 꽤나 있었다.

"올가, 네 말은 이해한다. 문명인들은 우리의 방식을 존중하지 않지. 반면에 우리는 저들의 방식을 많이 따르고 있어. 확실히 불공평한 처사다."

유릭이 나직이 말하자 전사들이 고개를 연신 끄덕였다. 전사들이 유릭의 다음 말을 기다렸다.

"하지만 난 너희들이 모르는 걸 안다! 결국 우린 예전의 방식을 지키지 못할 거야. 옛 방식을 지키려고 하다간 뒤떨어져 도태될 뿐이다."

유릭이 선언하듯 외쳤다. 그 말에 전사들이 발끈하며 뭐라 외쳤다.

"우린 강하오! 대족장! 도태된다니 그게 무슨 말이오!"

"문명인들은 역사를 문자로 기록한다. 과거의 일을 잊지 않지. 우리와 달리 저들은 과거의 실패로부터 해선 안 될 것과 해야 할 것을 구분하고 배워. 나는 우리와 같았던 자들을 안다. 빠르게 변하지 못했던 북부인들은 패배했고, 문명인의 노예가 되고 나서야 자신들의 방식을 강제로 포기하게 됐지."

유릭의 시야는 다른 전사들과 달랐다. 그는 북부의 패망하는 과정을 알고 있으며, 그 결과를 두 눈으로 봤다.

"문명인 전체를 적으로 삼는다면 마지막에 패배하는 건 우리다. 우리가 싸우는 까닭은 문명인과 공존할 지위를 얻기 위해서지."

유릭은 자신의 생각을 확실히 말했다. 그 말에 배신감을 느낀 전사들은 고개를 저었다.

"지금까지 승리는 오로지 우리만의 것이었나? 우리가 만난 문명인들은 전부 겁쟁이였나? 때론 우리만큼이나 잘 싸웠지. 문명인의 도움 없이는 여기까지 오지 못했을 거다. 저들이 없다면 누가 저 복잡한 공성병기를 다룰 거지?"

"허나 대족장께서는 우리의 방식을 존중해야 하오!"

유릭이 크게 웃었다. 그가 칼을 뽑아서 땅바닥에 꽂았다.

"당연하지. 내 의견에 반하는 자가 있으면 무기를 잡고 내 앞에 서라. 이게 가장 중요한 우리의 방식이지. 난 언제나 받아들일 준비가 되었다. 당당히 도전해서 내가 가진 전부를 가져가라!"

전사들이 입을 다물었다. 그들은 서로의 눈치를 보다가 슬금슬금 뒤로 물러났다. 누가 뭐래도 대족장 유릭에게 도전할 전사는 없었다. 유릭이 쌓아 올린 전설은 그저 전해지는 이야기가 아니라 그들의 눈으로 본 현실이다.

까닥.

오로지 올가만이 손가락을 계속 꿈틀거리며 고뇌하는 듯했다. 그와 유릭의 눈동자가 마주쳤다.

"아직은 아니다, 올가."

유릭은 올가를 보며 고개를 저었다. 올가는 고개를 끄덕이며 뒤로 물러났다.

유릭과 올가는 우수한 전사다. 전쟁이 끝나기 전에는 죽어선 안 될 자였다. 유릭도 올가도 그 사실을 알고 있다.

'도전은 훗날…….'

올가는 유릭을 존중했지만 그의 방식에는 동의하지 못했다. 유릭과 함께하면 근본이 흐려지는 듯했다.

소란은 가라앉았고 제물은 네발 달린 짐승으로 대체했다. 짐승의 내장이 쏟아지면서 악취와 피비린내가 났다.

유릭은 제사를 구경하다가 육손이에게 다가가 속삭였다.

"내 명을 어긴 너를 벌하지 않고 넘어가는 건 이번이 마지막이다, 육손이. 이제 네게 빚은 없어."

육손이의 여섯 손가락이 미미하게 떨렸다.

제국의 성립은 오십여 년 전의 일이다. 건국은 제국민에게 신화나 마찬가지다. 특히 하멜의 시민들에게는 그 의미가 컸다.

제국은 본래 주변 공작령 크기의 도시국가였다. 당시에는 그런 도시국가와 소왕국들이 세계를 다스리던 시대였다. 국경 분란은 끊이지 않았고, 작은 국가들이 생기고 없어지길 반복했다.

초대 황제 샤르카만 하멜론은 그런 전란의 시대에 하멜론을 다스리던 군주였다. 그는 심기체 모든 면에서 완벽한 사내라고 칭송을 받았다.

경쟁국의 수장들조차 샤르카만 하멜론을 영웅으로 흠모하며 존경했다는 말은 공공연한 사실이었다.

"……위대한 분이시지. 한 세대 만에 난세를 정리하고 제국을 일군 영웅."

얀키누스가 선대 황제들의 동상을 보며 중얼거렸다. 그는 제국수도 하멜에 돌아왔다. 그는 돌아오자마자 도시의 관료들을 불러 앞으로 있을 전투를 준비했다.

"하지만 할아버지께서도 운이 따르지 않았다면 불세출의 영웅이 되지 못했을 거다."

얀키누스가 황궁을 가로질렀다. 잘 꾸며진 황궁과 달리 공기가 텁텁한 공업지구가 나왔다. 제국황실공방이라 불리는 대장장이 자치구였다. 이곳에서 일하는 대장장이들은 실력만이 뛰어난 게 아니라 제국을 위해 목숨을 바치는 자들이다.

깡! 깡!

망치질 소리가 들렸다.

황실 대장장이들은 평민인데도 불구하고 귀족에 준하는 부귀를 누렸다. 대신에 그들은 하멜 바깥으로 절대 나가지 못하며, 어딜 가더라도 항상 감시를 당한다.

"제국강철."

얀키누스가 입꼬리를 비틀었다. 지금도 제국강철보다 우수한 금속은 없다. 왕국들이 제련한 철제무구는 제국에 비하면 한참이나 질이 떨어졌다.

'하물며 할아버지 시대의 제국강철무구는 신이 내린 거나 다름없었지.'

도시 하멜은 그냥 지어진 도시가 아니었다. 당시에도 나름 공업과 상업의 중심지이며, 대륙에서도 손에 꼽히는 철광 매장지였다. 하멜의 무구는 뛰어나기로 소문이 자자했다.

끼익, 끼익.

제국강철은 하멜의 순도 높은 철과 대장장이들의 집념이 만들어낸 결과물이다. 아직도 왕국들은 제국의 야금술을 따라오지 못했다.

초대 황제 샤르카만은 역사와 과거를 배운 사내였고, 금속의 발달에 따라 시대가 바뀐다는 것도 알았다. 역대 황제들은 제국강철의 비밀을 지키기 위해 무수히 많은 피를 흘렸다.

깡!

얀키누스가 공방으로 들어서자 망치질이 멈췄다. 대장장이들이 땀에 절은 두건을 풀며 고개를 숙였다. 대장장이들의 얼굴에는 제국의 기밀을 다룬다는 자부심으로 가득했다.

'할아버지와 아버지의 유산을 다 까먹는 망나니가 될 판이로군.'

얀키누스가 자랑스러운 사내들을 보며 쓰게 웃었다. 제국에는 거래 수단이 몇 남지 않았다.

얀키누스는 감독관을 불러 무어라 속삭였다.

"진심이십니까? 폐하?"

황실공방 감독관이 눈을 사납게 떴다. 황제에 대한 불경이었지만 얀키누스는 그런 감독관의 심정을 충분히 이해했다.

무려 오십여 년을 지켜온 기밀이었다. 얼마나 많은 사람이 제국강철의 비밀을 지키기 위해 피를 흘렸던가? 그 피들 중에서는 무고한 자도 수없이 많았다.

"진심이 아닌 것 같으냐?"

얀키누스가 담담히 말했다. 그는 황실공방을 둘러봤다. 뜨거운 열기가 피부에 닿았다. 아직 표면이 새카만 철들이 군데군데 걸려 있었다.

"하, 하지만……."

감독관이 말을 더듬었다. 황제의 명이라도 따르기 힘들었다.

"각 공방의 장에게 이야기를 해두게."

"폐하!"

"얼마든지 손가락질하고 욕해도 좋네. 하지만 해야 할 일은 해야 하지."

얀키누스는 단호했다.

제국군은 북부전선 고착에 성공했으나 미봉책일 뿐이다. 왕국들은 언제 독립을 선언해 제국령을 침략할지 모른다. 무엇 하나 확실하게 믿을 게 없었다.

'네놈들이 우리의 전선을 나눠서 각개격파했다면 우리도 똑같은 수를 쓸 수밖에 없지.'

얀키누스는 앞으로 공동전선을 펼칠 왕국을 둘을 선택했다. 남서쪽에 위치한 캄무스 왕국, 포를카나의 이웃국가인 아랄토 왕국이다.

'캄무스 왕국에게는 야일루드를 견제하게 하고, 아랄토 왕국은 포를카나를 공격하게 한다.'

얀키누스가 선택한 두 왕국이었다. 서부와 포를카나를 효과적으로 견제할 수 있는 세력들이었다.

물론 두 세력은 얀키누스의 뜻대로 쉽게 움직이지 않을 터다. 그러나 얀키누스가 내건 조건은 대단히 파격적이었다. 캄무스와 아랄토 왕국에 제국의 야금술을 전수하는 것.

"기술전수를 한다 해도 금방 생산체계를 갖추지 못할 거다."

더군다나 이미 제국의 군사기술은 다음 단계로 가고 있었다.

'저들이 강철을 다룰 즈음엔 우린 이미 화염기름으로 만든 병기를 다수 배치해 쓰고 있겠지.'

미래는 확신할 수 없다. 화염기름이 다음 세대의 무기가 아닐지도 모른다. 그렇다면 다른 왕국이 군사기술을 따라잡을 수 있는 꼬투리를 주는 셈이다.

'그런 위험을 무릅쓰더라도 저들의 힘을 빌려야 한다.'

이미 서신이 오갔다. 제국의 대장장이들이 캄무스와 아랄토 왕국에 도착한다면 군사행동이 시작될 터다.

얀키누스의 생각대로 일이 풀린다면 포를카나-연맹군은 전선을 두 개나 더 담당해야 한다. 하멜 포위에 신경을 쓰지 못할 것이다. 그사이 제국은 내부를 재정비하고 군단을 꾸릴 여유도 얻을 수 있다.

"폐하, 야만인 군대가 요한 강을 건넜다고 합니다."

전령이 얀키누스를 찾아와 보고를 했다.

"생각보다 빠르군."

"선발대만 먼저 온 듯합니다."

얀키누스가 고개를 끄덕이며 회의 참석을 서둘렀다. 소수의 선발대만 빠르게 온 거라면 요격을 나갈 만도 했다.

'유릭의 성격상 선발대에 자신이 빠지진 않겠지.'

얀키누스는 자신이 할 수 있는 모든 조치를 다 했는지 몇 번이나 되새겨 봤다.

'이제 남은 건 싸우는 일뿐.'

얀키누스가 황궁 회관으로 들어갔다. 시종들이 좌우로 문을 열었다.

끼이익.

황제를 기다리고 있던 귀족과 기사들의 시선이 한곳으로 모였다. 얀키누스는 잠시 걸음을 멈추곤 그들을 길게 바라봤다.

"나 얀키누스 하멜론은⋯⋯."

얀키누스가 조용히 입을 열었다.

"⋯⋯죄가 많은 사람이오."

얀키누스의 말을 끝까지 들은 사람들의 눈동자가 커졌다.

전쟁에서 가장 중요한 것은 상대에 대한 정보를 먼저 아는 것이다. 문명국가들은 선전포고를 하기 전에 상인으로 위장한 첩자를 보내 방어시설과 물자를 조사했다.

알고 싸우는 것과 모르고 싸우는 것은 큰 차이가 있었다.

게오르크는 문명인 용병을 대동하고는 하멜에 먼저 숨어들었다. 게오르크는 약탈품들을 모아서 마치 보석장신구 상인처럼 위장했다.

게오르크는 광장에서 좌판을 열곤 하멜의 동향을 살폈다.

"게오르크, 연맹군은 운이 다한 게 아닐까?"

옆에 있던 문명인 용병이 불쑥 그리 말했다.

"전쟁에서 이기고 있잖아."

"하지만 황제를 잡지 못했고, 그 황제가 여기에 있잖아. 아무리 생각해도 하멜을 점령할 수 있을 것 같지 않아. 설사 유릭의 말이 사실이더라도……."

"유릭도 생각이 있으니 여기까지 온 거잖아."

"그래 봐야 야만인이지."

"유릭은 다른 야만인과 달라."

문명인 용병이 물끄러미 게오르크를 쳐다봤다.

"너 은근히 충성심이 있군."

"충성심은 개뿔. 입 닥치고 저기 아가씨한테 호객이나 해봐. 경비병들이 우리를 쳐다보잖아."

게오르크가 턱짓을 하며 말했다. 문명인 용병은 상인처럼 서글서글하게 웃으며 장신구를 들고 여자들에게 말을 걸었다.

'생각보다 하멜 내부의 분위기가 나쁘지 않아. 아마 황제가 머물고 있으니 심리적 안정을 얻은 거겠지. 황제가 있는데 점령당할 리가 없다는 믿음인가?'

게오르크가 광장을 오가는 사람을 바라봤다. 야만인이 온다는 소식에도 여전히 도시는 북적였다.

'유릭은 지금쯤 주둔지를 꾸렸겠지. 이제 곧 하멜은 고립된다.'

게오르크는 장신구 좌판의 위치를 바꿔가며 하멜을 구석구석 살폈다. 높은 성벽은 어떤 공성병기로도 뚫기 힘들어 보였다. 성벽이 낮거나 부실한 곳도 없었다.

'공격해서 성벽을 뚫는 건 불가능하다.'

게오르크도 그간 군사적 지식을 쌓았다. 성벽만 봐도 뚫을 수 있는지 없는지 가늠이 됐다.

'여력만 된다면 포위하는 게 가장 좋아. 하멜이라도 오랫동안 고립되면 전염병이 돌고 굶주리겠지.'

문제는 연맹군도 포위를 오랫동안 할 만큼 여유가 없다는 것이다.

게오르크가 눈동자를 굴리는 사이에 경비병 하나가 접근했다.

"이봐! 여기서 뭐 하는 거야? 지금 전쟁 중이란 건 알아?"

"아이고, 그래 봐야 야만인들이 감히 하멜의 성벽을 넘겠습니까? 지금이 겁먹고 장사 안 하는 놈들보다 앞서갈 시기죠. 위기를 기회로! 좋은 말 아닙니까?"

게오르크는 경비병에게 몇 번이나 검문을 당했지만 유려한 말솜씨로 신분을 쉽게 위장했다.

게오르크가 하멜에 들어온 지 사흘째였다. 도시도 전투태세에 진입하면서 군수물자를 실은 수레가 많이 오갔다. 게오르크는 조심스레 무언가를 준비했다.

사흘째 밤, 게오르크와 문명인 셋은 동굴이라도 들어가는 것처럼 장비를 갖추고 밤거리를 조심스레 다녔다.

"이거 성공하면 정말로 금화를 상자 째로 주는 거지?"

"바로 고향으로 돌아가서 부자 행세를 하면 되겠군."

"큭큭, 전쟁은 사내에게 기회인 법이지."

"그냥 황제에게 붙어버릴까? 거기도 돈을 많이 줄 것 같은데?"

용병들이 키득키득 웃었다. 말은 그렇게 해도 입이 무겁고 신의를 지키는 자들이다. 쉽게 배신할 자들이면 게오르크가 데려오지도 않았다.

"조용히 해. 밤에는 소리가 멀리 퍼지니까."

사냥꾼 출신 용병이 입가에 검지를 대며 말했다. 게오르크는 그들 뒤에 서서 주변을 바라봤다. 용병들이 하수도로 하나둘씩 들어갔다.

'유릭이 어떻게 제국의 하수도를 아는지 모르겠지만……'

하멜에 온 적이 있더라도 하수도에 대해서 알기는 어렵다. 게오르크도 사람이 오갈 정도로 넓은 지하수로가 있다는 건 유릭에게 처음 들었다.

끼이익.

게오르크와 용병들은 사다리를 타고 지하로 내려갔다. 먼저 내려간 용병이 횃불을 들고는 칙칙한 안을 살폈다.

"냄새가 독한걸. 그나저나 정말 넓군. 사람이 여럿 오갈 정도로 지하수로를 넓게 파다니……"

"역시 세계의 중심다워."

용병들도 하수도의 깊이와 넓이를 보더니 감탄했다. 다른 왕국에서는 엄두도 못 낼 정도로 엄청난 토목공사였다.

'게오르크, 나도 확신은 할 수 없어. 하지만 분명 오물을 내보내는 곳이니까 바깥과 연결된 곳이 있을 거야. 거길 찾아.'

게오르크는 유릭을 말을 상기했다. 막중한 임무였다. 게오르크가 붙잡히기라도 한다면 하수도를 이용해 침입한다는 계획은 실패한다. 다른 공략방법이 있을 거란 생각은 들지 않았다.

'유릭은 내가 이번 임무의 적격자라고 생각한 거지. 이러니저러니 해도 날 믿고 있어.'

게오르크가 입술을 씰룩였다. 하수도의 냄새 따윈 아무렇지도 않았다. 자손까지 이어질 부귀영화가 코앞까지 다가왔다.

'나는 역사에 이름을 남길 위인 따위 되고 싶지도 않아. 그저 사는 동안 배부르고 안락하게 지내면 돼. 아무런 걱정도 없이 고운 아가씨의 속삭임을 들으며 잠들고 싶어.'

게오르크가 여자를 생각하다가 잠시 눈을 감았다. 아직도 가슴을 조이는 감정이 남아 있었다.

용병들이 게오르크의 어깨를 치며 재촉했다.

"이제 움직이자고. 양피지와 흑연은 가져왔어?"

"잔말 말고 횃불이나 잘 비춰봐. 태우진 말고."

게오르크가 양피지와 흑연을 들어 올렸다. 무작정 하수도를 헤맨다고 길을 찾을 순 없다. 지도를 그려가며 움직여야 길을 찾을 수 있다.

"성공하면 우린 영웅이다. 돈은 물론이고 잘하면 땅도 받을 수 있어."

게오르크가 그리 말했다. 용병들은 고개를 끄덕이며 횃불을 들고 어두침침한 지하도를 걸었다.

유릭은 눈을 떴다. 주변은 어두웠다. 칙칙한 어둠이 지하수로를 따라 이어져 있었다. 그러나 고약한 냄새는 나지 않았다.

쉬익.

소리가 났다. 어둠을 응시하니 샛노란 안광이 빛나고 있었다.

쉭.

유릭은 겁을 먹지 않았다. 탐험가는 무지와 어둠을 두려워하지 않는다. 무지와 어둠이 두렵다면 직접 나아가 빛을 밝히면 된다. 막상 대면하면 별거 아닌 것들이 허다했다. 하늘산맥도 그러했다.

주술사들이 뭐라 말하든 산맥 너머는 인간의 세계였다. 이세상을 살아가는 건 신이 아닌 인간이다.

'모르는 것, 보지 못한 것.'

두려움의 근원이다.

'죽음이 두려운 것도 우리가 어찌 될지 모르기 때문.'

잠을 두려워하는 사람은 없다. 다음 날 아침에 깨어날 걸 알기 때문이다. 그러나 죽음은 확신이 없는 잠이다.

사람은 사후에 대한 확신이 없기에 죽음을 두려워한다.

첨벙.

유릭은 첨벙거리는 하수도를 걸었다. 악취가 나지 않았다.

쉬익.

흐릿한 어둠에서 여전히 쉭쉭 하는 소리가 났다. 낯익다는 느낌이 들었다.

미지의 어둠과 조우하면 어떤 이들은 그저 두려워만 한다.

다가가서 확인할 생각도 하지 않고 두려움에 떨며 '금기'로 선언한다. 하지만 가끔, 소수의 누군가들은 두려움의 근원을 확인하기 위해 자신의 모든 걸 내던지곤 한다. 남들이 가지 않는 길을 서슴없이 걷는다.

그 소수의 탐험가는 대부분 낙오하고 좌절한다. 패배한 탐험가들은 비참한 인생을 살아간다. '그럴 줄 알았다', '멍청한 놈', '왜 금기를 어겨서 그 꼴을 당하는 거지?', '무의미한 짓이다' 두려움에 떠는 다수는 도전하는 소수를 질시하며 악담을 퍼붓는다.

하지만 그 소수의 탐험가 중에서도 소수만이 두려움의 근원을 확인하고는 발견과 계몽의 환희를 만끽한다.

'뱀.'

유릭은 어둠을 젖히고, 그 안에 숨어 있는 커다란 뱀을 봤다. 하수도를 근거지로 삼는 뱀이 갈라진 혓바닥을 날름날름 내밀며 유릭을 보고 있었다. 그 몸뚱이가 어찌나 큰지 하수도가 가득 찰 정도였다.

하수도인데도 악취는 나지 않는다.

유릭은 꿈을 인식하고 잠에서 깨어났다.

"뱀."

유릭이 눈을 떴다. 그는 하멜의 하수도와 뱀교를 떠올렸다. 하수도를 근거지로 살아가던 뱀교였다. 그들이 아직도 하멜에 머물고 있는지 알 도리가 없다.

"후우우."

악몽과도 같은 거친 꿈이었다. 유릭은 자다가 흘린 땀을 닦으며 곰곰이 생각했다.

"지하수로면 분명 바깥과 통하는 길이 있겠지."

유릭은 게오르크와 지휘관들을 불러서 지하수로에 대한 이야기를 했다. 바깥으로 통하는 수로만 발견할 수 있다면 하멜 내부로도 진입이 가능했다.

게오르크는 믿을 수 있는 문명인 용병을 이끌고 먼저 하멜에 잠입했다.

포를카나-연맹군은 하멜에서 멀지 않은 요한 강 근처에 주둔지를 꾸렸다. 식수와 식량 확보가 그나마 편한 위치였다.

"제국이 화평을 거절했소."

포를카나-연맹군은 하멜에 사자를 보냈지만 소득이 없었다.

"항복할 생각이 없단 말이지? 이런 상황에서?"

"우리가 오래 포위하지 못할 거라는 걸 아는 거요. 제기랄."

"아니, 그렇다고 해도 제국이 우리 화평을 거절한 처지는 아닐 겁니다."

협상이 결렬되자 지휘부에선 말이 많았다. 내심 전투가 없을 거라 생각했던 자들이 대다수였다. 막상 하멜을 공략하려니 엄두가 나지 않았다.

"유릭이 보낸 자들이 지하수로의 입구를 발견하면 의외로 손쉽게 점령할 수도 있습니다. 저들은 성벽만 믿고 화평을 거절한 겁니다."

바르카가 떠드는 귀족들의 말을 자르며 말했다.

"성벽만 믿는 게 아니야. 뭔가 더 있을 거야."

유릭이 떨떠름하게 턱을 매만졌다.

"뭔가 더 있다니?"

"그 황제가 성벽만 믿고 안일하게 화평을 거절할 리가 없어. 확신이 있으니까 안전책을 포기한 거지. 만약 전쟁이 길어지면 놈들이 이길지도 모르지만…… 차라리 화평 하는 게 나을 정도로 많은 피해를 입을 거야. 그런 피해를 감수하면서 제국이 이 전투에서 승리를 해봐야 어떤 이득이 있겠어?"

유릭은 불안감을 지우지 못했다. 그는 황제 얀키누스가 어떤 인물인지 안다. 황제는 철두철미하고 계획을 세우면 실패까지 항상 가정하는 사내다. 성벽 하나만 믿고 버티는 그런 부류가 아니었다.

"우리가 해야 할 건 단기전이다. 게오르크가 하수도로 통하는 입구를 발견하자마자 하멜을 점령해야 돼. 분명 황제는 뭔가 뒤로 수를 썼을 거야."

유릭이 확신하며 말했다. 포를카나의 귀족들이 이맛살을 찌푸렸다.

'야만인 주제에……. 아는 척하는군.'

하지만 유력이 포를카나의 귀족들보다 하멜과 황제에 대해 더 잘 알았다. 귀족이라고 해봐야 황제의 얼굴을 보지 못한 자가 수두룩했다.

"나는 황제와 식사도 같이 했고, 이런 거 저런 거 많이 했어. 댁들보단 황제의 성격을 잘 알지."

유력이 불만에 찬 시선을 느끼며 말했다. 유력의 사나운 눈에 짓눌린 귀족들은 눈을 피하며 고개를 돌렸다.

Chapter 8

포를카나-연맹군을 하멜을 중심으로 포위망을 형성했다. 하지만 하멜도 순순히 포위를 당하지는 않았다. 아직 포를카나-연맹군의 선발대만 있을 때 요격을 나가서 피해를 입힐 생각이었다.

"오, 오오오오오!"

전사들이 고함을 내지른다. 유릭도 말고삐를 잡아당기며 저 앞에서 몰려오는 제국의 중기병을 바라봤다.

'숫자는 오백여 기.'

하지만 중기병 오백여 기는 수천의 병력과 맞먹는다. 특히 하멜의 주변은 평지였다. 중기병의 이점을 살리기 좋았다.

뿌우우우-!

유릭이 손을 뻗었다. 유릭의 옆에 있던 기수가 푸른 깃발을 흔들어 신호를 보냈다. 동시에 나팔수들이 뿔나팔을 힘껏 불었다.

제국군은 포위망이 굳어지기 전에 위력정찰을 실시했다. 반쯤은 요격을 나간 셈이었다.

"방어를 굳히고, 어깨를 옆 사람과 바짝 붙여! 떨어지면 죽는다!"

장창을 든 전사들이 앞으로 빠져나오며 외쳤다. 중기병과 마주하기 위해 훈련된 장창부대는 이미 한 번의 전과를 올린 적이 있었다.

"그 소문의 장창이로군."

이미 제국군도 장창부대를 알고 있었다. 한 손을 잃고 돌아온 기사들이 제국에는 수두룩했다.

삐이이익!

선두에 선 제국기사가 호루라기를 길게 불었다. 중기병들은 일제히 옆으로 꺾으며 장창부대를 피해서 우회했다.

그러나 제국의 중기병을 기다리고 있는 건 포를카나의 경기병들이었다.

'옆을 치는 건가! 제기랄!'

선두에서 지휘하던 제국기사는 아차 싶었다. 장창부대를 앞두고 우회하는 건 뻔한 판단이었다.

두두두두!

경기병들이 달려와서 제국중기병의 옆을 쳤다. 정면으로는 승부가 되진 않겠지만 측면은 언제나 약하다. 중기병들이 낙마하면서 무리가 흐트러졌다.

"좋아, 좋아."

유릭이 만족스레 웃으며 말고삐를 잡아당겼다. 그가 칼을 들고 난전이 된 전장으로 뛰어들어 갔다.

"전부 죽여 버려어-!!"

전사들도 기다렸다는 듯이 도끼를 꼬나 쥐고 뛰어들어 갔다. 낙마한 기사들의 투구를 잡아당기며 안쪽에 칼을 비집어 넣었다.

"카아아악!"

제국기사들이 당황했다. 야만인과 경험이 풍부한 기사들은 죽거나 재기불능이 되어 얼마 남지 않았다. 다들 신출내기에 가까운 기사들이었다.

허나 연맹군의 전투력은 갈수록 물이 올랐다. 그들의 전략 전술은 나날이 제국을 상대로 최적화되었으며, 중장갑을 갖춘 부족전사도 다수였다. 그들은 싸울수록 강해졌다.

"나는 파리스 가문의……!"

"뭐라는 거야? 병신 새끼들이!"

전사들은 항복하는 기사들조차 무자비하게 죽였다. 아직까지 포로를 잡아서 몸값을 받는다는 의식이 흐릿했다.

"야, 야야! 죽이지 마! 잡아서 몸값을 받아야 한다고 대족장이 말했잖아."

"그거 받아서 뭐하려고? 난 그냥 죽일 거야. 놈들의 피를 보는 게 훨 낫지."

"뭐, 그건 그렇지."

전사들이 키득키득 웃으며 얼굴에 묻은 피를 팔뚝으로 쓸어내렸다.

제국군은 포를카나-연맹군의 포위를 저지하지 못했다. 그들은 성문을 열고는 허겁지겁 안으로 들어갔다.

교전에서 승리를 거둔 전사들이 고함을 지르며 서로의 어깨를 두드렸다. 포위진영 구축도 끝나서 제국이 찔러볼 여지도 없었다.

"유릭, 지금부터다."

바르카가 말을 타고 다가오며 말했다. 청어와 어선이 그려진 푸른 망토가 길게 펄럭였다.

포위를 시작한 지 사흘이 지났다. 제국의 지방 세력들이 포를카나의 보급선을 습격하기 시작했다. 덕분에 보급은 생각보다 더 빠르게 줄었다.

"우리는 하멜은 포위했지만, 크게 보면 우리가 고립된 상태로 포위된 거나 마찬가지야."

바르카가 보급부대에 전투병력을 보강했지만 임시방책이었다. 기나긴 보급선 유지만으로도 포를카나는 벅찼다. 그들은 연맹군의 보급까지 대느라 휘청거렸다.

군대의 배급은 눈에 띄게 줄었다. 희멀건 죽 한 그릇으로 버티는 날이 늘어만 갔다. 끼니를 제대로 때우지 못한 군대의 사기는 눈에 띄게 줄었고, 전사들은 포위망을 이탈해 약탈을 나가기도 했다.

"유릭, 네 군대에서 약탈을 나가는 전사가 많아. 포위망이 계속 비고 있어."

바르카가 유릭에게 호소했다. 연맹군의 부족장들은 멋대로 판단해서 자신의 무리를 이끌고 하루, 이틀 거리의 농가들을 습격하곤 했다. 그런 무리가 서서히 늘어나자 연맹군의 병력 공백이 심각했다.

"제국군이 힘을 모아 밀고 들어오면 밀릴지도 모르지. 지금쯤이면 제국도 우리의 병력이 흩어지는 걸 알 거야. 한 번이라도 각개격파를 당한다면 지금까지 쌓아온 승리도 무용지물이다. 병력을 통제해, 유릭."

유릭이 쓰게 웃었다. 그는 굶주리는 전사들에게 약탈금지령을 내리고 자리를 지키라고 말해야 한다. 기강과 규율이 잡힌 군대에는 어렵지 않은 명령이다. 하지만 연맹군에게는 어려운 일이었다.

'반발이 심하겠지.'

본대에서 이탈해 약탈을 다녀온 자들은 배불리 먹었는데, 유릭의 명령에 따라 자리를 지키는 전사들은 굶주리고 있다. 여러모로 조치가 필요한 시점이었다.

"카타기, 약탈을 주도하는 놈들이 누구지?"

"당연히 올가죠. 올가 밑에 패거리가 꽤 많이 모였습니다."

카타기도 불만에 가득 찬 표정이었다. 성실한 전사들은 자리를 지키면서 굶주리고 있는데, 멋대로 이탈한 전사들은 배를 두드리며 돌아왔다. 근거리 약탈을 아무리 해봐야 군대 전체가 먹을 정도의 식량이 돌진 않는다.

"올가를 불러와."

유릭의 목소리가 나직했다. 그도 제대로 먹지 못해 평소에 힘을 아꼈다. 전사들이 굶주리는데 대족장이라고 배불리 먹을 순 없었다.

"대족장."

올가는 고개를 당당히 들고 유릭을 찾아왔다. 카타기가 그 태도에 뭐라 말하려고 했지만, 유릭이 카타기를 제지하며 올가 앞에 섰다.

"내가 자리를 지키라고 미리 말했을 텐데?"

"전사들이 굶… 주렸어. 자리를 지키기… 도 전에 먼저 굶… 어 죽을 거다."

"내가 지켜봤는데 굶어 죽지 않더군. 너는 배가 고프다고 형제들을 내버려 두고 약탈을 나갔다."

"그래… 서?"

올가가 눈을 치켜떴다.

"다른 형제들과 같이 자리를 지켜라. 내가 할 말은 그뿐이다, 올가."

"넌 대족장인데도 전사들을 굶주… 리게 하고 있어. 저 바깥에 먹을 게 널려… 있는데도 여기에 묶여서 굶… 고 있지. 우리가 굶주리고 지치… 면 저들이 우리의 숨… 통을 끊으러 올 거다. 나는 그때… 를 대비해 배를 채운 것뿐이야."

띄엄띄엄 말하는데도 의지가 확고했다.

"그래서 내 명령을 눈앞에서 어길 셈인가? 올가?"

"너에 대한 불… 만이 많다, 대족장. 이제 제사장… 도 네 편이 아니지."

올가의 말을 듣던 유릭이 입술을 삐쭉 내밀며 웃었다.

유릭은 내면의 야수가 목구멍까지 기어오르는 걸 느꼈다. 참는 데도 한계가 있었다. 올가는 전장에서 뛰어난 활약을 한다. 그 때문에 그간 멋대로 행동하는 걸 놔두곤 했다.

"역시 더 이상은 안 되겠어."

유릭이 땅을 보며 머리를 긁적였다. 그가 다시 고개를 들었을 때는 선명한 살의가 동공에 맴돌았다.

"올가, 생각보다 이르지만 도전해라. 원하는 대로 하고 싶다면 내 지위를 가져가라. 아니면 입을 다물어."

유릭의 사나운 눈을 본 올가는 고민했다.

'대족장에게 도전하는 건 언젠가 해야 할 일이었다. 하지만 지금은 아니라고 생각했지.'

올가는 유릭을 숭배하지 않는다. 그는 유릭이 주장하는 변화를 받아들이기 힘들었다. 유릭처럼 문명인을 동경하지도 사랑하지도 않았다. 그저 증오와 분노로 문명인을 대할 뿐.

올가는 온갖 문명인을 옆에 두고 부리는 유릭을 이해하지 못했다.

"후우우."

올가가 길게 숨을 내뱉었다. 그가 날카롭게 눈을 떴다.

뜻이 맞지 않지만 유릭은 대단한 전사였다. 소문만 무성한 게 아니라 직접 눈으로 유릭이 세운 무공을 봤다. 대지의 아들이라는 이명이 누구보다 잘 어울리는 사내였다. 인간으로 태어났는데도 그 어떤 짐승보다 강인하고 재빨랐다.

'솔직히 말하자면 이길 자신은 없지.'

올가는 피식 웃으며 하늘을 잠시 바라봤다.

'내가 대족장에 올라설 운명이라면 이기고, 아니라면 패배할 뿐.'

유릭도 그렇게 대족장의 자리에 올라섰다. 밑바닥과 절망에서 일어나 하늘의 뜻을 받들었다.

"대족장…… 오늘 정오."

올가가 손가락을 치켜들며 말했다.

"그래, 정오."

유릭이 고개를 끄덕였다.

대족장 자리를 두고 결투를 한다는 소식은 빠르게 연맹군 전체로 퍼져 나갔다. 부족장들은 각기 다른 반응을 보이며 고개를 갸웃했다.

"이런 시점에 결투라니……."

"행여나 대족장이 죽으면 끝장이오. 대족장이 없으면 문명인과 동맹이 어떻게 유지되겠소?"

"올가를 막아야 하오."

"대족장이 설마 올가에게 당하겠습니까."

결투는 불안감만 가져왔다. 행여나 유릭이 당한다면 연맹군은 혼란에 빠진다. 올가가 유릭만 한 장악력이 있을 거라 생각하는 사람은 아무도 없었다.

올가는 창날을 갈며 정오를 기다렸다.

'너무 서둘렀다.'

뒤늦게 후회가 들었지만 이미 말을 내던졌다. 결투를 취소한다면 올가가 평생 쌓아 올린 전사로서의 명성은 땅바닥으로 떨어진다.

"올가."

시커먼 얼굴의 육손이가 올가를 찾아왔다. 올가가 코를 킁킁거렸다. 익숙한 피비린내가 짙게 났다.

"무슨 일… 이지? 육손이."

올가가 눈을 흘겼다. 육손이와 올가는 서로 보수적 가치관을 공유했으나 방법론이 달랐다.

'비열한 놈.'

올가도 육손이의 행각을 잘 안다. 비열하기 짝이 없는 기회주의자다. 그러나 지금은 올가의 편이었다.

"점을 쳤소."

육손이의 손톱은 피가 굳어서 빨갰다. 올가는 눈을 가늘게 떴다.

"제물로는 뭘… 바쳤지? 돼… 지? 닭?"

"…사람."

그 말을 들은 올가는 숫돌을 내려놓으며 입꼬리를 비틀었다.

"잘도 사람을 제… 물로 바… 쳤군."

"포로 하나 몰래 빼돌리는 건 일도 아니지. 올가, 불을 조심하시오. 영혼들에게 당신의 운명을 물어보니 불을 속삭였소. 하늘이 붉게 물들 거요."

육손이가 악취를 풍기며 말했다. 길게 자란 손톱이 올가의 뺨을 긁었다.

"불?"

"불이 당신의 운명을 결정할 거요."

육손이가 잠시 몸을 부르르 떨었다. 그가 질경질경 씹는 풀을 땅바닥에 뱉었다.

"기억해… 두지."

올가가 고개를 끄덕였다.

"위대한 선조들이 당신의 어깨 뒤에서 지켜볼 거요, 올가. 지금 대족장은 하늘과 선조를 저버렸소. 문명인의 종교를 숭배하지."

육손이가 고개를 살짝 까딱이며 자리를 벗어났다. 다시 혼자 남은 올가는 창날을 숫돌로 마저 갈았다.

캉!

불티가 튀었다. 육손이의 말이 계속 올가의 머리에 맴돌았다.

'불꽃과 번개는 대족장의 상징이기도 하다.'

대지의 아들 유릭은 무수히 많은 전공을 세웠으나, 발디마 전투와 사미칸과의 결투는 이미 전설로 회자된다.

발디마 전투에서는 화공을 이용해 압도적인 열세를 뒤집고 제국군의 추격대를 섬멸하다시피 했다. 사미칸에게 붙잡혔을 때, 유릭을 구한 건 번개였다. 대족장 유릭은 하늘이 내려준 신성을 두르고 있었다.

"불이 내 운명을 정한다라……."

올가는 식사를 거르고 마음을 다잡았다. 속이 비니 감각이 날카로워지는 듯했다.

키잉.

창날을 바라보며 마음을 뾰족하게 가다듬었다. 올가가 일어서서 천막을 나가자 많은 전사들이 올가를 흘겨봤다.

카타기가 팔짱을 끼고 올가를 기다리고 있었다.

"올가, 지금이라도 늦지 않았어. 결투를 취소하면 대족장께서 흔쾌히 받아들일 거다."

카타기는 올가의 앞에 서며 설득했다. 그는 올가를 좋아하진 않지만 유능한 전사였다. 중요한 전투를 앞두고 올가를 잃긴 싫었다.

"이미… 내뱉은 말을 주워 담진 못한다. 비… 켜."

올가가 카타기를 밀치며 앞으로 나갔다. 전사들의 시선이 느껴졌다.

저 멀리서는 문명인들도 지금의 상황을 지켜보고 있었다. 그들은 중요한 전투를 앞두고 결투를 하는 서부인들을 이해하지 못했다.

"오오, 올가."

유릭이 앉아 있다가 올가를 보곤 웃었다.

"대족장 유릭, 너… 는 우리의 전통… 을 무시했다."

올가가 창을 뻗으며 중얼거렸다. 유릭은 칼과 도끼를 들어서 가볍게 부딪혔다. 캉! 하면서 경쾌한 소리가 났다.

"그래서 전통에 따라 내 결투요청도 받아준 거잖아. 안 그래? 나는 문명인처럼 '왕'이 되고 싶어 한 적이 없어. 어디까지나 나는 너희들의 대족장이다. 나보다 뛰어난 전사가 나타나면 언제든지 자리를 비켜주지. 원망 없이 내 죽음으로 다음 대족장을 축복해 줄 거다. 내 축복과 영광을 가지고 싶다면 그 손으로 쟁취해라, 올가."

올가가 눈을 크게 떴다. 심장이 요동친다. 상대가 유릭이 아닌 사미칸이었을지라도, 언젠가 올가는 도전했을 것이다.

'어쩌면 전통이니 뭐니 떠드는 건 그저 핑계일지도.'

사내로 태어나 정점의 자리에 오른다. 싸우는 이유는 그거면 충분했다.

올가가 창을 양손으로 높게 잡았다. 눈높이에서 찌르는 방식이었다. 올가는 남들보다 팔이 길어서 공격반경이 길었다. 근육은 탄력이 있어서 큰 동작에 비해 빈틈도 적었다.

'역시 대족장이로군. 저 느슨한 자세에서도 허점이 없다.'

올가는 쉽게 먼저 움직이지 않았다.

유릭은 팔을 허리까지 늘어뜨리며 무기를 가볍게 흔들고 있었다. 마치 사냥을 앞둔 맹수처럼 자세가 낮았다.

올가가 맹금이라면, 유릭은 네발 달린 맹수였다. 발끝만 움직이며 거리를 좁혔다.

'저 창에 찔리면 죽는다. 심장과 목이 찔리면 아무리 몸이 튼튼해도 소용없지.'

유릭의 동공이 올가의 팔을 따라 움직였다. 창끝을 볼 필요는 없다. 창끝을 인지할 즈음에는 이미 늦은 거다. 먼저 움직이는 건 창이 아니라 팔과 어깨다.

수천여 명의 전사가 모였는데도 숨소리만 들렸다. 그 누구도 입을 열지 않았다.

"후우."

올가와 유릭이 작게 숨을 내뱉었다가 다시 삼켰다. 호흡은 언제나 빈틈을 만든다. 적과 마주하고 있다면 호흡은 적을수록 좋다. 누가 가르쳐 주지 않아도 수라장을 헤쳐 나온 전사라면 본능적으로 호흡을 조절했다.

포를카나의 수장인 바르카는 말을 타고 멀찍이 떨어진 곳에서 결투를 지켜봤다.

'이게 유릭이 살아온 세계인가.'

문명세계에서는 있을 수 없는 일이었다. 서부인들은 왕이나 다름없는 자리를 저런 결투로 정하고 있었다. 그런데도 누구 하나 제지하지 않았다. 그들은 전사적 가치를 중요시하며 전통으로 삼았다.

'항상 죽음을 곁에 두고 자신의 삶을 벼르며 살아왔겠지.'

유릭의 삶과 생명은 잘 세공된 보석처럼 반짝였다. 옆에서 보면 찬란했다.

'너는 죽더라도 웃으면서 죽겠지.'

바르카는 당장에라도 결투를 말리고 싶었지만 그러면 안 된다는 걸 안다. 유력이 이미 받아들인 일이다.

뿌우우우우-!!

갑자기 저 앞쪽에서 누군가 뿔나팔을 불었다. 숨을 죽이고 지켜보던 전사들은 잠시 시선을 돌렸다.

휙!

유력과 올가는 동시에 움직였다. 올가의 창이 매섭게 떨어졌고, 유력의 칼은 창의 궤도를 따라 움직였다.

유력이 올가의 창을 옆으로 밀어냈다. 창날이 유력의 옆구리를 스치듯 지나갔다.

휘익!

유력은 다른 손으로 도끼를 휘둘러 올가의 발목을 노렸다.

올가는 용케도 펄쩍 뛰어서 도끼를 피했다. 뛰는 모습이 개구리처럼 우스꽝스러웠다. 싸움은 결코 멋있지 않다. 추하게 몸을 비틀며 생명을 구하고 노리는 것. 그게 싸움의 본질이었다.

뿔나팔 소리가 울리는 동안 유력과 올가는 공격을 교환했다. 올가가 껑충껑충 뒤로 뛰어서 거리를 벌렸다.

'무호흡으로 계속 맞부딪히면 유력이 훨씬 유리해. 내겐 승산이 없지. 일격에 죽이지 못했다면 다른 틈을 노려야 된다.'

올가의 머리에서는 수없이 다양한 생각이 오갔다.

"유우우우릭-!!"

누군가 소리를 질렀다. 유릭에겐 익숙한 목소리였다.

유릭과 올가는 서로의 눈치를 봤다. 뼈까지 떨리던 긴장이 서서히 느슨하게 가라앉았다.

깡.

유릭이 먼저 칼로 땅바닥을 툭툭 치며 전투태세를 풀었다. 올가도 바닥에 침을 뱉으며 창을 내려놓았다.

웅성, 웅성.

전사들이 좌우로 갈라졌다. 사람의 형상을 한 시커먼 무언가가 나타났다. 지독한 악취가 사방으로 퍼졌다.

"게오르크, 그게 무슨 꼴이냐?"

"댁이 시킨 거 아닙니까!"

게오르크가 소리를 빽 지르며 침을 연거푸 뱉었다. 그 뒤에 있는 문명인 용병들도 바닥에 침을 연신 뱉었다.

"찾았나?"

게오르크가 이만 활짝 드러내며 고개를 끄덕였다. 유릭의 눈동자가 동그랗게 커졌다. 그가 무기를 내던지며 달려갔다.

"제기랄! 이리 와라! 게오르크! 힘껏 안아주지!"

유릭이 펄쩍 뛰며 게오르크를 안아서 들어 올렸다. 게오르크는 온몸이 으스러지는 통증에 숨만 꺽꺽거렸다.

유릭은 더러운 게오르크의 몸도 아랑곳하지 않고 온몸을 비볐다. 그만큼 게오르크가 가져온 소식이 기뻤다. 드디어 공략의 실마리를 게오르크가 가져왔다.

"끄으으으! 좀……."

게오르크가 투덜거리며 팔을 주물렀다. 그는 더러워진 옷을 벗어 던지며 물을 뒤집어썼다. 그제야 사람다운 얼굴이 드러났다.

"가자! 형제들아! 문명의 심장이 우릴 기다린다!"

유릭이 팔을 크게 올리며 외쳤다. 상세한 내용은 몰라도 전사들은 유릭이 하멜 공략의 방책을 찾았다는 걸 알았다.

"오우우우우우!"

전사들이 소리를 지르며 펄쩍펄쩍 뛰었다.

"올가! 아직 선조들은 우리가 싸우는 걸 원치 않는 것 같군!"

유릭이 웃으며 올가의 어깨를 두드렸다.

"같은 생각… 이다."

올가도 오늘은 더 이상 유릭과 싸울 생각이 없었다. 진짜 적과 싸울 시간이었다.

게오르크가 찾은 하수도의 끄트머리는 도시 하멜의 뒤에 위치한 산이었다. 제국은 산에 동굴을 뚫다시피 해서 하수도와 연결했다. 하수도에서 흘러나온 오수는 산 중턱을 타고 큰 강으로 섞이는 모양새였다.

"빠져나온다고 얼마나 고생했는지 아십니까? 횃불도 부족해서 정말 갈림길이 나올 때마다 외워가며 나중에 다 적었습니다. 머리가 부서지는 줄 알았다니까요."

씻고 나온 게오르크가 허겁지겁 음식을 먹었다. 군량이 부족한 연맹군이었으나 유릭은 게오르크에게 대접하는 걸 아끼지 않았다.

"넌 먹을 자격이 있어! 게오르크."

"아무렴 있고말고요! 제기랄, 그 똥통에서 하루를 넘게 헤맸는데 당연하죠. 미치는 줄 알았습니다."

게오르크가 배를 두드리며 지저분한 양피지를 꺼냈다. 엉망진창으로 기록된 지도였으나, 게오르크가 기억을 더듬으며 지도를 정교하게 다듬기 시작했다.

"하수도에서 누굴 만나진 않았어?"

"아무도 없던 걸요. 그런 곳에 누가 다니겠습니까. 끔찍했어요. 정말로."

"아니, 그럼 됐고."

유릭이 턱을 긁적였다.

Chapter 9

　병력이 많이 움직이면 소란도 커진다. 은밀하게 움직이려면 병력은 적으면 적을수록 좋았다.

　유력은 달이 없는 밤을 선택했다. 사냥으로 닳고 닳은 야만인의 눈으로도 캄캄한 밤이었다. 움직이는 인원은 삼백여 명 남짓했다. 적의 눈을 피해 움직이기에는 이 정도가 적당했다. 그 이상은 아무리 밤이라도 시선을 피하긴 힘들었다.

　"나는 최고의 전사들만을 데려왔다고 생각한다."

　유력이 출발하기 전에 전사들을 모아두고 그리 말했다. 허언이 아닌 게 연맹에서 내로라는 전사들만 모였다. 심지어 부족장들조차 두루두루 섞여 있었다.

　"형제들이여, 나와 함께 싸워 우린 승리와 자유를 쟁취하자! 아직 태어나지도 않은 자식들조차 우리의 전투를 기억할 터. 우린 자랑스러운 아비이자 선조가 되겠지."

유릭은 이번 전투가 위험하다는 걸 미리 말했다. 전멸을 각오한 작전이었다.

"쉽게 말하자면 우리가 하수도로 들어가서 성문을 연다는 게 아니오?"

나이가 지긋한 전사가 걸걸하게 말했다. 이미 살 만큼 살아서 삶에 미련이 없는 듯했다. 그저 형제와 부족을 위해 죽을 수 있다면 어디든 좋은, 그런 부류의 노전사였다.

유릭과 전사들이 새벽에 신호를 보내면 포를카나-연맹군은 하멜 공략을 시작할 것이다. 성문을 여는 데 성공하더라도 무척이나 피해가 클 게 뻔했다. 어쩌면 전멸할지도 모른다.

"굳이 대족장까지 올 필요는 없는 게 아니오? 아직 젊지 않소."

"전사가 가는 데 나이순이 어딨어? 약해빠진 놈이 먼저 죽는 거지."

유릭이 키득키득 웃으며 무기를 등과 허리에 꽂았다. 전사들은 가죽갑옷만 걸친 채로 주둔지를 빠져나갔다.

이동은 은밀하고 조용했다. 달이 없는 터라 성벽에서 전사들의 움직임을 읽을 수 없었다.

저벅, 저벅.

흙을 밟는 소리만 간간히 났다. 유릭은 밤공기를 삼키며 목을 좌우로 비틀 듯 흔들었다.

전사들은 유릭의 등을 바라봤다. 젊은 나이인데도 대족장의 품격이 어깨에 걸려 있었다.

유릭은 자신에게 결투를 신청한 올가조차 이번 작전에 참가시켰다. 그는 유능한 전사인 올가를 빼놓지 않았다. 올가는 판단력이 뛰어났고, 여차하면 단독지휘를 맡길 수 있는 전사였다.

유릭은 올가를 신뢰했다.

"전쟁이 끝나면 결투를 계속할 건가? 올가?"

유릭이 속삭이듯 말했다. 올가는 그 옆에서 터벅터벅 걸었다.

"받아… 준다면야 얼마든지."

"이번 전투에서 내가 불구가 되길 바라는 게 좋을걸? 그래야 네게 승산이 조금이라도 있겠지."

유릭이 배를 잡으며 낄낄 웃었다.

"싸울 때… 등을 조심… 해라, 유릭."

올가도 창을 가볍게 휘두르며 받아쳤다.

유릭과 전사들은 평원을 외곽으로 빙글 돌아서 하멜의 뒤에 위치한 산을 올랐다. 산 타는 데 익숙한 하늘산맥 부근 부족전사들이 선두에 섰다. 밤인데도 전사들은 성큼성큼 험준한 산을 올라갔다.

"여깁니다."

게오르크가 숨을 헐떡이며 말했다. 다른 전사들에게 거의 업혀오다시피 했다.

'미친놈들, 말도 없이 이 정도 거리를 단번에 돌파하다니……'

서부인의 지구력 하나만큼은 혀를 내두를 수준이었다. 지금까지 문명세계를 유린한 것도 연맹군의 기동력 덕분이었다. 안 그래도 재빠른 서부인들은 보급로도 없이 마음대로 오갔기에 문명인의 군대는 연맹군을 따라오지 못했다.

게오르크가 탁한 강물을 따라 걸었다. 여러 갈래로 흩어진 강물이었지만 탁한 물을 따라가면 하수도로 갈 수 있었다.

"유릭, 저도 같이 가야 합니까?"

게오르크가 은근슬쩍 운을 뗐다. 악취가 가까워졌다. 느낌상으로도 하수도 입구가 코앞인 게 분명했다.

"게오르크……."

유릭이 한쪽 눈을 찡긋 감으며 심술궂게 웃었다.

"당연히 같이 가야지! 목숨 걸고 하는 일이잖아? 안 그래?"

"으, 으으."

"네가 필요해, 게오르크. 아무리 지도가 있어도 사람 눈이 더 정확한 법이지. 자자, 가자고, 나랑 같이 지낸 게 얼만데 적응할 때도 됐잖아?"

유릭이 게오르크의 어깨에 손을 올리며 몸을 좌우로 흔들었다. 게오르크가 입을 딱딱 떨었다.

'이래서 안내하기 싫었는데, 제기랄.'

자살 임무에 가까운 작전이었다. 생존 확률은 한없이 낮았다. 아무리 기습이라지만 제국의 수도 한가운데에서 난장을 피워야 한다.

"제 목숨은 하나밖에 없다고요."

"이거 우연이로군, 나도 목숨이 하나밖에 없거든!"

게오르크가 크게 한숨을 내쉬더니 이를 악물었다. 그도 유릭에게 모든 걸 건 거나 마찬가지다.

'잃은 건 목숨이고, 얻을 건 모든 것이로군.'

절로 쓴웃음이 나왔다. 게오르크는 유릭을 따라 어두컴컴한 하수도로 들어갔다. 어둠이 스칠 때마다 과거가 하나둘씩 떠올랐다. 악취가 풍기지만 꿈을 헤매듯 공허한 공간이었다.

'악취를 풍기는 것도 당연하지, 내 인생은 악취를 풍길 만하니까.'

게오르크가 눈을 감았다. 어차피 눈을 감으나 뜨나 별 차이가 없었다.

'아비이자 스승이나 다름없는 주인의 기대를 배신했다. 노예 주제에 주인의 부인을 탐했지.'

감정은 멈출 수 없었다. 그때는 죽더라도 사랑을 하고 죽고 싶었다.

'이젠 원망할 주인도 사랑할 여인도 없다.'

빈말로도 게오르크는 도덕적인 사내가 아니었다. 조금 자존심이 강한 노예 출신 지식인일 뿐, 그도 다른 이들처럼 그저 자신의 잇속을 적극적으로 챙기며 사는 부류다.

'······유릭을 위해 목숨을 걸 생각은 없어. 하지만 나 자신의 성공을 위해서는 목숨을 걸 만하지.'

게오르크가 눈을 떴다. 전사들이 하나둘씩 횃불을 들어 올렸다. 거의 동굴에 가까운 하수도가 보였다.

"동굴을 용케도 하멜과 이어서 하수처리용으로 개조한 듯합니다. 자세히 보면 여긴 원래 철광이었죠."

게오르크가 석벽을 툭툭 치며 말했다.

"여기서부터 하멜까지 하수도를 이었다니 대단하군."

유릭이 두건으로 입 주변을 두르며 말했다.

"산 하나를 관통한 거나 마찬가지죠."

게오르크가 횃불을 얻어 들곤 앞으로 나섰다. 어느 정도까진 일직선이라서 그저 걸으면 된다.

또각, 또각.

악취는 점점 심해졌다. 갈라진 길도 여럿 나왔다.

화르르.

유릭이 게오르크의 횃불을 대신 잡았다. 게오르크는 자신이 그린 지도를 보더니 갈림길에서 방향을 정했다.

뚜벅, 뚜벅.

유릭은 주변을 두리번거렸다.

"유릭?"

게오르크가 의아해하며 유릭을 불렀다.

"아니, 그냥 아는 곳인가 싶었는데 하수도는 다 비슷비슷해서 모르겠군."

"와본 적이 있습니까?"

"예전에, 좀 뛰어다녔었지."

유릭과 전사들은 순조롭게 전진했다. 별다른 일이 없으면 좋은 시간에 기습을 할 수 있을 것 같았다.

'삼백여 명의 전사가 갑자기 나타난다면 놈들도 당황할 거다.'

내부에서 전사들이 날뛰면 제국도 크게 당황할 것이다. 그 틈에 성문을 열면 하멜은 의외로 쉽게 함락될지도 모른다.

첨벙, 첨벙.

전사들은 더러운 하수도의 환경에도 개의치 않았다. 오히려 무기를 오물에 적시는 자들도 있었다.

"카타기, 너는 나와 성문을 열거다. 난동은 올가가 맡아."

하수도의 통로가 좁아지며 미로처럼 복잡했다. 하멜 밑에 있다는 증거였다.

유릭은 미리 명령을 내렸다. 카타기가 고개를 끄덕이며 유릭의 뒤를 바짝 붙어왔다. 그는 언제나 충실한 유릭의 부하였다. 유릭에게 이토록 충성하는 사람은 카타기가 유일무이했다.

"카타기, 항상 궂은 일만 도맡아 시켜서 미안하다. 너 말곤 마음 편히 맡길 사람이 없었거든."

"천만에 말씀입니다. 오히려 영광이지요. 발디마에서 대족장 덕분에 목숨을 건진 뒤로, 제 모든 걸 대족장에게 바쳤습니다."

"그건 좋은데 순결은 여자한테 바쳐."

카타기가 시원스레 웃었다.

"앞으로도 대족장의 옆을 지킬 겁니다. 설사 당신이 대족장의 지위에 있지 않더라도 말입니다."

유릭이 움찔했다. 카타기가 유릭을 잠시 바라보며 고개를 끄덕였다.

"그게 무슨 말인지 모르겠군."

"대족장께서 가끔 멍하니 딴생각을 하는 걸 압니다. 옆에서 보고 있으면 원해서 대족장이 된 게 아니라는 것쯤은 보이죠. 정말 대족장의 자리 같은 게 탐났다면 처음부터 사미칸에게 뺏기지 않았을 겁니다. 당신은 사미칸에게 대족장의 자리를 처음에 양보했던 겁니다."

"사미칸은 나보다 유능했어. 그래서 초대 대족장이 된 거지."

"사미칸은 대족장이 되고 싶어 했지만, 당신은 대족장에 대한 욕심이 없었습니다. 그런데도 사미칸의 견제를 항상 받았죠. 마음만 먹으면 당신도 대족장이 될 수 있다는 걸 사미칸도 잘 알았기 때문일 겁니다. 실제로도 그랬지 않습니까?"

카타기의 말에 유력은 입을 다물었다. 의외로 날카로웠다. 항상 충견처럼 곁만 지키고 있던 게 아니었다.

"문명인들이 말하는 종자라도 좋으니, 저는 전설적인 전사의 한 부분이 되고 싶습니다. 위대한 유력을 언급할 때, 그 옆에 한마디 정도 나오는 그런 존재요. 저는 올가와 달리 제가 위대한 존재가 될 수 없다는 걸 압니다. 자고 일어나면 보이는 천장처럼 어느 날부터 자신의 한계가 보이는 법이죠. 대족장께서는 그런 기분을 느껴본 적이 없을 겁니다. 자신의 한계를 인정한다는 건 무척이나 괴롭거든요."

카타기는 오늘따라 말이 많았다. 마지막 전투라는 생각에 감상적으로 변할 걸지도 모른다.

틱, 틱.

소리가 들렸다.

전사들의 표정이 굳었다. 그들이 횃불을 들어 올리며 사방을 두리번거렸다.

"적?"

유력이 활을 뽑아 들었다. 옆에 있던 카타기가 눈치껏 횃불을 멀리 던져서 시야를 밝혔다.

"제국군이다."

전사들이 웅성거렸다. 제국군 십여 명이 통로 갈림길에 서 있었다. 전사들은 바로 공격하려다가 낯선 병기를 발견했다.

병사들 앞에 있는 건 바퀴가 달린 원통이었다.

피슉!

유릭은 망설이지 않고 화살을 쐈다. 머리에 화살을 맞은 병사가 힘없이 쓰러졌다. 그 뒤에 있던 병사들이 고개를 숙이며 원통 뒤로 붙었다.

"죽여 버려!"

전사 몇 명이 뛰쳐나가며 소수의 제국군을 덮치려고 했다.

치이익.

무언가가 타는 듯한 소리와 냄새다.

"이게 바로 제국의 불이다! 이 야만인들아아아-!!"

제국병사가 울분을 토하듯 외쳤다. 불꽃에 반사된 그의 얼굴과 팔은 화상으로 얼룩졌다.

"불."

올가는 시야를 가득 메우는 불꽃을 보며 중얼거렸다. 육손이의 말이 생각났다. 가끔 주술사의 점은 귀신같이 맞아떨어지곤 한다.

"엎드려어어어-!!"

유릭도 불꽃을 보며 외쳤다. 뭐가 뭔지는 몰라도 원통에서 쏟아진 불꽃이 좁은 통로에 몰아쳤다.

무기를 들고 뛰쳐나간 전사들부터 불꽃에 휘말렸다. 뱀처럼 쏟아진 불꽃은 유릭의 눈동자까지 붉게 물들였다.

"대족장."

불꽃 대신에 카타기가 보였다. 그가 유릭의 앞을 막아서며 유릭을 뒤로 밀었다.

유릭은 모든 게 느리게 보이는 듯했다. 휘몰아치는 불꽃의 한 가닥까지 눈에 들어왔다. 커져만 가는 불꽃이 카타기의 등 뒤까지 다가왔다.

콰아아아아!

불꽃이 전사들을 덮쳤다. 진득한 악취조차 태워 버릴 정도로 강렬한 불꽃이었다.

뜨겁다. 숨을 쉬기가 괴로웠다. 죽었는가 싶어서 눈을 뜨면 아직 현실이었다. 하수도의 벽들은 그슬린 연기를 내뱉었다. 전사들은 비틀거리며 하나둘씩 일어섰다.

"카아아아아!"

온몸에 불이 붙어서 산 채로 죽어가는 전사도 있었다.

아수라장 속에서 유릭은 눈을 떴다. 자신의 가슴팍에는 벌겋게 피부가 타오른 전사가 있었다. 전사의 온몸에서 연기가 모락모락 났다.

'카타기.'

유릭을 대신해 카타기가 불꽃을 정면으로 맞았다. 끈적끈적한 화염기름까지 정통으로 뒤집어써서 아직도 등짝은 타오르고 있었다.

딱, 딱딱.

카타기가 고통으로 이를 떨어댔다. 머리카락조차 타올라서 끔찍한 몰골이었다. 유릭은 그의 마지막 말을 기다리며 귀를 기울였다.

"…승리."

카타기는 쉿소리를 흘리며 손가락을 앞으로 뻗었다. 그의 몸이 뒤로 천천히 기울어졌다.

푹.

유릭은 칼로 카타기의 심장을 찔러 그의 고통을 덜어줬다.

눈을 질끈 감았다. 눈물을 흘릴 필요는 없다. 전사가 흘려야 할 건 적들의 피면 충분하다.

제국의 불이 쏟아진 하수도는 들끓는 지옥이었다. 땡볕의 사막처럼 숨을 쉬는 게 힘들었다. 증발한 악취가 몸에 들러붙었고, 오물 위를 걷는 불꽃은 좀처럼 넘어지지 않았다.

"한 번 더! 야만인들이 달려온다!"

제국병사들이 원통 안으로 시커먼 액체를 집어넣고 있었다. 그걸 본 유릭은 주저하지 않고 앞으로 뛰어갔다.

첨벙, 첨벙.

유릭이 높게 뛰어올라 원통을 훌쩍 넘었다. 그의 칼과 도끼가 순식간에 교차했고, 병사의 목이 바닥에 툭툭 떨어졌다.

"이 개자식들이아아아-!!"

유릭이 고함을 지르며 도끼를 내던졌다. 도끼가 도망가는 병사의 등짝을 갈랐다.

"오오오오!"

도망가기 늦었다고 생각한 병사가 칼을 뽑아 들며 덤벼들었다. 유릭은 칼을 길게 휘둘러서 병사의 칼을 내려쳤다.

"카아악!"

병사가 비명을 질렀다. 유릭의 힘을 이기지 못하고 손가락이 부러졌다.

콰득!

유릭이 병사의 머리를 잡아 벽에 찧었다. 투구째로 찌끄러지면서 뇌수와 안구가 바깥으로 삐져나왔다.

'어떻게 우리가 온 걸 안 거지?'

유릭이 이를 바득 갈았다. 나름 완벽한 수라고 생각했다. 그러나 계획은 일그러졌다. 지상으로 올라가기도 전에 제국군과 마주해 전투가 벌어졌다.

"야만인들이 온다아아아-!!"

도망간 병사가 쩌렁쩌렁 외쳤다. 하수도 전체로 목소리가 퍼져 나가는 듯했다.

"유릭!"

전사들이 유릭의 명령을 기다렸다.

'여기서 후퇴해야 하나? 아니면 지상으로 올라가는 통로를 계속 찾아야 할까?'

유릭은 지글지글 익은 시체들을 바라봤다. 카타기만 죽은 게 아니었다. 십여 명의 전사들이 좁은 통로에서 불꽃을 맞아 죽었다. 화상을 입은 전사까지 합하면 수십여 명이었다.

'제국의 신병기인가⋯⋯.'

아직도 쏟아지던 불꽃이 선명하게 떠올랐다. 북부의 전승처럼 용의 아가리에서 불꽃이 나오는 듯했다.

"우린 계속 간다. 그렇지 않소? 대족장!"

그을린 연기를 내뿜는 전사가 외쳤다. 전사들의 사기는 처음 보는 병기에도 떨어지지 않았다. 그들은 서부에서도 손에 꼽히는 일류전사들이었고 결코 도망가지 않았다. 죽음의 공포는 그들에게 사소했다.

"우리가 온 걸 완전히 알고 대비한 건 아니겠지. 그렇다면 이 정도 희생으로 끝날 리가 없어. 그저 소규모로 경비를 세워둔 것뿐이다."

멈췄던 머리가 재빨리 돌아갔다. 제국이 알고 대비한 것치고는 대응이 허술했다.

'그렇다면 제국의 대응보다 더 빨리 돌파하면 돼.'

유릭이 손짓해서 전사들을 불렀다.

"게오르크! 방향을 말해!"

게오르크도 검게 그을린 얼굴을 들었다. 그의 목소리가 겁에 질려 벌벌 떨렸다.

"오, 오른쪽입니다."

"바로 움직인다! 달려!"

유릭이 앞서서 달렸다. 이제는 시간 싸움이었다.

'여기서 물러난다면 하멜을 공략할 방법은 없다.'

전사들도 서둘렀다. 부상을 입은 형제들을 보살필 여유도 없었다. 제국의 불 때문에 중상을 입은 전사들은 죽은 거나 마찬가지였다.

"곧 도착합니다."

다른 전사에게 업힌 게오르크가 말했다. 그는 첩자 노릇을 할 때 오갔던 지상입구를 발견했다.

"저기로 나가서 오른쪽으로 가면 하멜의 광장이 나옵니다! 거기서 직진하면 성문이 보일 겁니다!"

게오르크가 도시의 지형을 떠올리며 말을 이었다. 유릭은 그 말을 새겨듣곤 고개를 끄덕였다. 유릭도 하멜에 제법 오래 체류했기에 도시의 윤곽이 금방 잡혔다.

"유릭, 내가 먼저 나가겠네."

늙은 전사가 유릭의 어깨를 잡고는 먼저 앞으로 나섰다.

"앞으로 어떤 일이 생겨도 살아남으시게. 반대하는 이도 많지만, 내가 보기에 젊은 대족장이 우리의 미래이네."

늙은 전사 몇 명이 먼저 사다리를 타고 지상으로 향하는 입구를 열었다. 철제원반을 옆으로 밀친 전사가 위를 바라봤다.

"아……."

주름진 얼굴의 전사가 입을 벌렸다. 그가 옆을 보며 소리를 질렀다.

"달아……!"

말은 끝까지 잇지 못했다. 전사의 머리에 창이 꽂혔다. 이어서 하수도 안쪽으로 무언가가 콸콸 쏟아졌다. 질퍽이는 검은 액체가 하수도 안으로 한없이 들어왔다.

치이익!

불이 붙는 소리가 났다.

"왔던 길로 되돌아가!"

전사들은 직관적으로 제국군이 무슨 짓을 하려는지 알았다. 아까 같은 불꽃이 있을 거라 추측했다.

고작해야 이제 이백여 명의 전사이지만 하수도에서는 이 정도면 많은 숫자였다. 아무리 잘 달리는 전사들이라도 서로의 몸과 발이 뒤엉켜서 빠르게 움직이기 힘들었다.

콰아아아아!

쏟아진 화염기름을 타고 불꽃이 전사들을 쫓아왔다.

"카아아악!"

뒤처진 전사들부터 불꽃이 휩싸여 비명을 질렀다.

"놈들은 불의 주술이라도 부리는 건가!"

전사들은 경악하며 뒤를 힐끗 바라봤다. 불꽃이 통로를 가득 메웠다. 불은 계속 번져 가며 꺼지지 않았다.

"저건 주술의 불이다. 물 위에서도 꺼지지 않아."

화염기름은 하수도의 오물 위를 떠다니며 불꽃을 옮겼다.

'화염가루.'

유릭은 숨을 헐떡이면서 오래전의 일을 생각했다. 태양전사 하발드를 처음 만났을 때 일이었다. 하발드는 마법사를 죽인 전리품으로 화염가루를 보여줬었다.

화염가루는 불에 닿자마자 폭발하듯 형형색색의 불꽃으로 변했었다.

'저 검은 액체는 화염가루와 비슷한 건가?'

주술이나 마법 따위가 아니다. 그저 물질의 현상. 도구만 있으면 마법사나 주술사가 아니라도 누구나 다룰 수 있는 물질이다. 이 세상에 영향을 미치는 건 신의 힘이 아니라 언제나 인간의 힘이다.

"유릭! 이쪽으로 오지 마시오!"

선두에 달리던 전사가 소리를 질렀다. 그는 자신의 앞으로 굴러오는 나무통을 바라봤다. 구멍이 뚫린 나무통에서는 검은 액체가 흘러나오고 있었다.

피-슛!

저 멀리서 불꽃이 점으로 보였다. 불화살이 날아오더니 나무통에 명중했다.

콰아아아!

나무통이 터지면서 화염기름과 불꽃이 사방으로 튀어나왔다. 불에 휘말린 전사들이 거친 비명을 지르며 사방으로 날뛰었다.

"으어어어어아아아아!"

온몸에 불이 붙고도 화살이 날아온 방향으로 내달리는 전사가 있었다. 그러나 곧 무릎을 꿇더니 앞으로 고꾸라졌다.

"이쪽도 막혔어!"

전사들은 사방에서 굴러오는 화염기름통을 보곤 소리를 질러댔다. 그들이 가는 곳마다 나무통이 데굴데굴 굴러왔다.

쿠우우웅!

화살 소리와 함께 폭발이 일었다.

"제기라라아아알!"

유릭이 소리를 지르며 팔에 묻은 불꽃을 털어냈다. 반쯤 익은 팔뚝에서 모락모락 연기가 났다.

"대족장를 데리고 여길 빠져나가라!"

불꽃에 휩싸인 전사가 외쳤다.

'불을 조심해라.'

올가는 사방에서 덮쳐오는 불꽃을 보며 육손이의 말을 떠올렸다. 처음에는 불이 대족장 유릭을 뜻하는 말인 줄 알았다.

'육손이는 불이 내 운명을 정하다고 했지.'

올가는 앞에 있는 유릭을 바라봤다. 유릭은 전사들을 지휘하고 살길을 찾느라 바빴다.

'지금 내가 창을 뻗으면 유릭의 숨통을 끊을 수 있다.'

비열한 짓이었으나 여기서 살아나갈 전사가 몇이나 될까? 올가의 검은 욕망이 꿈틀거렸다.

'하늘이 점괘를 내렸다. 내게 대족장이 될 기회를 줬어.'

올가가 눈을 감았다가 떴다. 혼란스러운 와중에서도 유릭만은 선명하게 보였다.

쿠우우우!

화염이 길게 몰아쳤다. 검은 액체가 전사들의 발밑까지 들러붙었다. 전사들은 끈적이는 검은 액체가 불꽃의 매개라는 걸 알았기에 서둘러 흘러오는 액체로부터 도망갔다.

'하지만 이렇게 비겁하고 명예롭지 못한 짓을 종용하는 게 하늘의 뜻이라면……'

올가가 웃었다. 하늘의 뜻이 비열한 것은 그 뜻을 말하는 육손이도 비열하기 때문인 걸까?

'……나는 하늘의 뜻을 따르지 않겠다.'

어떻게 살길을 찾아 분투하는 유릭을 어찌 공격하겠는가? 올가는 죽으면 죽었지 그런 짓을 못했다. 그는 긍지를 목숨처럼 여기는 전사였다.

제국의 대응은 재빨랐다. 유릭과 전사들은 몰이사냥을 당하듯 궁지에 몰렸다.

유릭은 쏟아지는 불꽃 때문에 땀을 줄줄 흘렸다.

'우리가 오늘 오는 건 몰랐어도, 적어도 우리가 하수도로 올 거란 걸 대비하고 있었던 거다.'

유릭이 쓴웃음을 지었다. 한 사람이 생각났다.

'황제 얀키누스.'

이런 대처를 취할 만한 사람은 얀키누스뿐이었다. 유릭이 뱀교를 쫓을 당시에 하수도를 이용했다는 걸 얀키누스도 안다.

'나만 얀키누스를 아는 게 아니야. 얀키누스가 나를 알고 있어. 놈도 내가 어떤 생각을 할지 예상할 수 있지.'

유릭은 자책했다. 얀키누스가 자신의 수를 읽지 못하게 혼란스럽게 만들어야 했다. 그러나 유릭은 그렇게 뛰어난 책략가나 계략가가 아니었다. 평생을 모략 속에서 살아온 황제를 수싸움에서 이기기란 힘든 일이다.

"유릭, 살아남아라."

전사가 유릭을 돌아보며 말했다. 전사의 말이 끝나기가 무섭게 큰 폭발이 일었다. 불이 붙은 화염기름통이 전사들 바로 위에서 떨어졌다.

쿠우우우웅!

천둥과도 같은 소리가 났다. 유릭의 시야가 흔들렸다. 귀가 먹먹하고 균형을 잃은 몸이 오물에 처박혔다.

'일어나서 움직여야 돼.'

유릭이 손가락을 꿈틀거렸다.

가만히 있으면 불꽃이 육체를 집어삼킨다. 유릭이 살아 있는 까닭은 다른 전사가 유릭을 밀치며 감쌌기 때문이었다.

전사들의 숫자는 현저히 줄었다. 절반도 남지 않았다. 하수도는 사방이 불바다였고, 급하게 이리저리 뛰느라 길조차 잃었다. 미로나 다름없는 하수도에서 적들의 공격만 기다리는 꼴이었다. 올라가려고 사다리를 타면 창날과 함께 검은 액체가 쏟아졌다.

"카악, 컥."

게오르크도 겨우 숨만 붙어 있었다. 그도 공포에 질려 정상적인 판단이 안 되는 듯했다.

"저, 저기로 가야 합니다! 유릭!"

게오르크가 무작정 뒤만 가리키며 외쳤다.

"확실해? 게오르크?"

유릭은 게오르크의 멱살을 잡으며 눈을 쳐다봤다. 게오르크가 그제야 진정하며 주변을 둘러봤다.

"길, 길을 모르겠습니다. 이미 제가 아는 길과 다른 곳으로 왔어요."

게오르크도 정신을 차리곤 중얼거렸다.

"일단 불이 없는 곳으로 움직여야 된다. 살아만 있으면 어떻게든 길이 있겠지."

유릭은 거동이 가능한 전사들만 이끌고 움직였다.

"하늘이 드디어 우리를 버린 거요, 대족장. 우리가 하늘을 따르지 않아 대가를 치른 거지."

얼굴이 새카맣게 그을린 전사가 말했다.

"정확히 말하자면 대족장이 하늘을 따르지 않은 거지."

불꽃에서 어느 정도 벗어나자 케케묵은 불만이 올라왔다.

유릭은 힐끗 올가를 쳐다봤다. 그 누구보다 하고 싶은 말이 많을 올가는 별다른 말을 하지 않고 묵묵히 따라왔다.

"또 적인가? 제길, 여기도 막힌 건가?"

앞서가던 전사가 발소리를 듣곤 활을 뽑았다.

"……당신들이 서부의 약탈자요?"

활을 쏘려던 전사가 목소리를 듣고는 유릭의 명령을 기다렸다. 여기서 제국어를 할 줄 아는 사람은 유릭과 게오르크뿐이었다.

"다시 묻겠소, 당신들이 그 약탈자가 맞소? 그 수장의 이름은 유릭?"

두건을 꾹 눌러쓴 사내가 모습을 드러냈다. 유릭은 눈썹을 찌푸리며 한 발자국 앞으로 나갔다.

"내가 유릭이다."

"당신이 그 소문만 무성하던 종말의 짐승이로군. 살고 싶으면 날 따라오시오."

"……뱀교로군."

유릭은 사내의 소속을 알아챘다. 아직 뱀교가 하멜의 지하에 살아 있었다. 더욱 은밀해진 뱀교는 혼란 속에서 세를 불렸을 터다.

"트리키는?"

유릭을 사내를 따라 뛰다가 물었다. 두건을 뒤로 젖힌 사내가 눈썹을 찌푸렸다. 방주의 존함을 함부로 불러서 화가 난 듯했다.

"곧 만날 수 있을 거요, 그분께서는 당신을 기다리고 있소."

전사들은 의문을 가지지 않고 유릭을 따라 움직였다. 유릭의 개혁에 반대하는 전사들조차 유릭이 만드는 기적만큼은 믿었다.

아직 해가 뜨지 않은 야밤이었다. 그러나 하멜은 소란스러웠다.

황제 얀키누스는 하멜의 번화가에 나와 있었다. 군대가 움직이는 걸 본 시민들은 집 안에 들어가서 나오지 않았다.

쿠우우웅!

땅이 울리는 폭음이 났다. 병사들은 화염기름이 담긴 나무통을 이리저리 굴리고 있었다.

"이쪽이다! 놈들이 이쪽으로 간다! 들어가!"

병사들이 하수도로 내려가 나무통을 옮겼다.

"정말로 폐하의 말대로 하수도로 숨어들어왔군요. 자칫하면 큰일이 날 뻔했습니다."

수비대장은 황제의 통찰력에 감탄했다. 그 누구도 예상하지 못한 침입경로였다. 야만인이 하수도로 올 거라곤 상상도 못했다.

"놈들을 살려서 보내지 마라. 아마 놈들의 수장도 함께 움직이고 있을 거다."

얀키누스는 유릭이 지금 이 땅 밑에 있을 거라 확신했다.

'유릭의 성격상 이런 일에 남을 보낼 놈이 아니야.'

얀키누스가 입꼬리를 말아 올렸다. 이번 방어를 위해서 제국이 비축한 화염기름을 몽땅 꺼내왔다.

'여기서 유릭을 잡을 수만 있으면 화염기름 따윈 얼마든지 써도 돼.'

병사들이 제압한 하수도 구역으로 내려갔다. 곧 좋은 소식이 지상으로 올라왔다.

"놈들의 타버린 시체들이 널려 있습니다!"

제국군의 사기가 치솟았다. 황제의 혜안이 먹혀들어 갔다.

"루께서 우리를 보고 계신다! 야만인들은 결코 하멜을 넘보지 못할 것이다!"

기사들이 외쳤다.

"역시 폐하께서 오시니 다르군. 이렇게 손쉽게 야만인들을 소탕하다니."

"비열한 기습만 빼면 놈들을 두려워할 건 없어."

병사들이 열기가 가득한 하수도로 진입해 타버린 시체들을 지상으로 올렸다. 끔찍한 시체를 보는데도 병사들이 히쭉히쭉 웃고 있었다.

"끙차."

병사가 시체의 겨드랑이를 붙잡아 질질 끌고 갔다.

키잉.

시체인 줄 알았던 야만인이 움직였다. 귀신같은 솜씨로 병사의 칼을 뺏어서 휘둘렀다.

"커어어억!"

목젖이 베인 병사가 거품 끓는 숨을 내뱉다가 쓰러졌다.

"카아아아아-!!"

온몸이 화상으로 일그러진 전사가 포효했다. 한쪽 동공은 화상으로 쭈글쭈글했다. 인간이 아닌 괴물이나 다름없는 몰골이었다.

"사, 살아 있어?"

병사들이 당황하며 무기를 뽑아 야만인을 죽이려고 했다.

"생포해라! 죽이지 마!"

주변을 지휘하던 기사가 외쳤다. 병사들이 갈고리를 가져와서 전사의 목에 걸어 질질 끌었다.

퍽! 퍽!

몽둥이를 가져온 병사들이 전사를 사정없이 두들겨 팼다.

"큭, 큭큭."

전사는 피를 토하며 웃었다. 어차피 부상 때문이라도 살기는 글렀다. 한 명이라도 더 데려가면 된다는 생각으로 덤벼들었다.

"대족장 유릭이 너희들을 모두 찢어 죽여 버릴 것이다! 우리의 대족장이 형제들의 복수를 하겠지!"

유릭이라는 단어에 기사가 움찔했다. 병사들은 전사를 생포하려 했으나 완강한 저항 때문에 결국 죽여야 했다.

병사들이 사방에서 전사를 공격했다. 배를 찔린 전사가 무릎을 꿇곤 쓰러졌다.

"역시 유릭이 여기에 있는 것 같군."

기사가 죽은 전사를 말로 밀어서 넘어뜨리며 중얼거렸다.

병사들은 죽은 전사의 시체를 모두 회수해 지상으로 끌어

올렸다. 그 시체는 백여 구가 넘었다.

웅성, 웅성.

집집마다 문을 닫고 있던 사람들도 창문을 열곤 야만인들의 시체를 구경했다. 그들은 박수를 치며 환호성을 내질렀다.

"만세! 황제폐하 만만세!"

"하멜은 야만인들에게 함락당하지 않는다!"

어두운 도시에 활기가 돌았다. 희망을 본 사람들은 벌벌 떨지 않고 바깥으로 나왔다.

"하수도의 통로를 봉쇄하고 놈들을 추격해라."

얀키누스가 기사들에게 명을 내리고 황궁으로 돌아갔다. 하수도에서는 도망갈 곳이 없다.

'유릭, 어리석은 판단을 했군.'

얀키누스는 자신의 우월함을 느끼고 만족했다. 그는 야만인 유릭보다 판단에서 앞섰다. 그 결과가 지금의 승리로 이어졌다.

'하수도는 좋은 침입수단이지만 상대가 빤히 알고 있다면 곰의 동굴에 들어가는 꼴이지.'

약속된 새벽이 되어도 하멜의 성문은 열리지 않았다. 정찰을 나온 전사들은 하멜의 성문만을 바라보며 열리길 기다렸다.

끼이이익.

성문이 잠시 열렸다. 수레 몇 대가 빠져나오더니 성문은 바로 닫혔다.

덜컹, 덜컹.

노예들이 수레를 끌곤 곧장 포를카나-연맹군을 향해 왔다. 순식간에 지휘관과 기사들이 모여들었다.

"이것 좀 보십쇼!"

포를카나의 기사들이 노예들을 밀치며 수레를 덮은 천을 들어 올렸다. 퀴퀴한 악취가 사방으로 퍼져 나갔다. 비위가 약한 이들은 고개를 돌리며 구토했다.

"실패했군."

"유릭과 전사들이 당했어."

하멜에서 나온 수레에는 전사들의 시체가 실려 있었다. 머리가 잘린 시체가 수레 한가득 있었고, 잘린 머리통은 다른 수레에 수북이 쌓여 있었다.

바르카가 떨리는 눈동자로 수레를 쳐다봤다.

"아, 아아."

사람들은 경악했다. 제국의 성문 위에는 새카맣게 타버린 시체 하나가 꼬챙이에 꿰어 있었다.

수레를 끌고 나온 노예가 서신 하나를 바르카에게 내밀었다. 서신에는 유릭과 전사들을 몰살했다는 제국의 경고가 쓰여 있었다.

"저, 저 저 성문에 걸린 시체가 유릭이라는 건가?"

타버린 시체의 신원을 알 방법은 없다.

포를카나-연맹군은 혼란에 빠졌다. 유릭과 전사들은 실패해서 시체로 돌아왔다. 실패는 둘째 치더라도 대족장 유릭의 죽음은 큰 타격이었다.

"유릭이 죽었어?"

"대족장께서 하늘로 올라가셨다!"

"그럴 리가 없어. 헛소리라고!"

"결국 이렇게 된 거지. 유릭은 하늘의 분노를 사버린 거야. 마지막 전투를 앞두고 축복을 받지 못한 거지."

"입 닥쳐!"

전사들끼리도 분쟁이 일었다. 유릭이라는 구심점으로 묶인 연맹은 분열되기 직전이었다. 부족장들은 서로 눈치만 살피며 자신의 측근들을 모아 끼리끼리 회의를 했다.

"유······ 릭? 정말 죽은 거야?"

바르카는 수레와 서신을 번갈아 보더니 그대로 주저앉을 뻔했다. 다리가 떨리다 못해 힘이 풀렸다.

"전하!"

기사들이 바르카를 부축했다. 유릭의 죽음은 바르카에게도 큰 충격이었다.

'언제나 넌 결국 돌아왔잖아. 정말로 죽은 거야?'

바르카는 다음 계획을 짜야 한다는 걸 알았다. 하지만 유릭의 모습이 머릿속에서 떠나지 않았다. 아무런 생각을 할 수 없었다.

"전하를 모셔라!"

바르카는 기사들의 부축을 받고 천막으로 들어갔다. 시종이 따르는 물을 마시며 숨을 헐떡였다. 심장이 쿵쿵 뛰었다.

"정말 죽은 거야?"

바르카가 고개를 뒤로 젖히며 양 손바닥으로 얼굴을 감쌌다.

'너는 이렇게 허무하게 죽을 사람이 아니잖아.'

하수도 침투는 위험한 일이었다. 설사 성공하더라도 전멸할 수도 있는 그런 작전이었다. 하지만 누구 하나 유릭이 한다고 했을 때 반대하지 않았다.

'유릭이라면 해낼 수 있을 거라 생각했으니까……. 나도 그랬지.'

유릭에 대한 절대적 신뢰. 유릭이라면 당연히 해낼 거라고 마음 깊숙이 안심했을 터다.

'말렸어야 했어. 그런 위험한 작전에 유릭이 간다고 했을 때 무슨 수를 써서라도 말렸어야 했다고.'

바르카가 울컥 올라오는 감정을 억눌렀다.

천막 바깥에서 누군가 허겁지겁 뛰어 들어왔다. 소식을 들은 룽겔 공작이었다.

"유릭이 당했다고 들었습니다! 야만인들을 이제 누가 통제한단 말입니까?"

유릭은 단순한 대족장이 아니었다. 연맹군과 문명인 군대를 이어주는 고리였다.

문화가 완전히 다른 두 군대가 공존이 가능했던 건 유릭이라는 강력한 존재가 중재했기 때문이었다. 유릭이 없으면 동맹도 무의미한 거나 마찬가지다.

"저들은 글도 모르는 멍청이들입니다! 유릭이 없으면 동맹조약 따윈 지키지도 않을 겁니다."

룽겔 공작이 방방 날뛰었다. 그의 말은 틀린 거 하나 없었다.

아직 연맹은 국가의 틀이 잡히지 않는 부족군대에 불과했다. 과장하자면 규모만 큰 도적 떼나 다름없었다. 포를카나는 서부연맹이 국가로 정착할 거라 예상하고 투자한 거였다.

"아, 아직 유릭이 죽었다고 확신할 수도 없죠. 성문 위의 걸린 시체가 유릭이라고 누가 확신할 수 있단 말입니까?"

"저 시체가 유릭이 아닐지라도 하수도 침투가 실패한 건 사실입니다! 전하! 우리가 하멜의 공략할 방법은 이제 없습니다!"

상황은 최악이었다. 하루아침에 수장을 잃은 연맹군은 다시 야만부족으로 돌아갈지도 모른다. 위대한 지도자의 죽음은 그만큼 큰 영향을 미친다.

　포를카나-연맹군은 새로운 결단을 내려야 했다. 싸움을 계속할 것이냐, 아니면 패배를 인정하고 돌아갈 것이냐.

Chapter 10

연맹은 그야말로 쪼개지기 직전이었다. 유릭의 죽음은 확실한 건 아니었으나, 유릭이 멀쩡히 살아 돌아올 확률은 한없이 낮았다. 무엇보다 대족장의 공백을 대체할 수장이 필요했다.

가장 먼저 언급되는 이름은 붉은모래 부족장 벨루아였다.

"벨루아? 여자를 따르잔 말이오?"

"하지만 세력 순서로 따지면 벨루아 말고 마땅히 대족장 대리를 맡을 사람은 없지. 실제로도 유릭이 벨루아에게 전권을 위임하고 하멜로 갔소."

사미칸과 유릭이 없다면 연맹의 다음 권력자는 벨루아였다.

'이게 기회인지 불행인지도 모르겠군.'

벨루아는 당장 부족장들을 소집했다. 평소 같으면 오래 걸

리지 않을 소집이었으나, 부족장들도 각자의 셈을 하느라 소집에 늦게 응했다. 다들 이득에 따라 내부방침을 정하고 부족회의에 모였다.

"우린 대족장 유릭이 죽었다는 가정도 해야 한다."

벨루아가 부족장들을 보며 입을 열었다.

"대지의 아들 유릭이 죽었을 리가 없소. 부정한 말을 삼가시오."

"대지의 아들일지라도 하늘의 분노를 사면 죽는 거지. 제사장 육손이를 가까이하지 않고, 문명의 신을 가까이한 탓에 이런 일이 벌어진 거요. 자업자득이지."

"말조심하시오!"

원래도 연맹 내부에는 파벌이 다양했다. 사미칸이 모략과 계략으로 연맹을 유지했다면, 유릭은 자신의 업적과 신성성으로 여러 부족을 하나로 묶었다.

'나는 무엇으로 연맹을 묶을 수 있단 말인가?'

벨루아는 자문했지만 답이 나오지 않았다. 사미칸과 유릭은 각자 연맹을 통솔할 만한 능력이 있었다.

"대족장의 죽음이 확실할 때까지 함부로 행동해선 안 되오. 포를카나와의 동맹도 맺었지 않소."

"포를카나? 그 겁쟁이들과 동맹은 무슨. 원래도 필요 없는 놈들이었어."

"대족장께서 직접 맺은 동맹이오. 존중해야 하지. 그렇지 않소? 벨루아?"

부족장들이 벨루아를 쳐다봤다.

벨루아는 고개를 끄덕이며 긍정했다.

"사람을 보내 동맹은 건재하다는 걸 강조할 필요가 있어. 신뢰의 상징이었던 유릭이 없으니 저들도 우리를 믿지 못하겠지."

벨루아는 문명세계의 언어를 할 줄 아는 전사와 문명인 용병을 불러서 포를카나 수뇌부에게 우호의 말을 전달했다.

'아직 동맹이 깨져선 안 돼. 만약 유릭이 돌아왔는데 포를카나 군대가 없다면 정말로 끝장이다.'

벨루아는 부족장들을 바라봤다. 십여 명이었던 부족회의 참석자들이 점차 늘었다. 내부회의로 방침을 정한 부족장들이 뒤늦게 들어와 자리에 앉았다.

"정말 유릭이 죽었다고 생각하는 사람이 있습니까? 당신들이 본 대족장 유릭은 그렇게 쉽게 죽을 사람이었습니까?"

"하, 하지만 대족장이 하늘의 뜻을 근래 저버린 것과 상황이 맞아떨어지지 않소이까."

"나는 아직 대족장이 죽었다고 믿지 않아. 그 괴물 같은 양반이 이렇게 죽을 리가 없어. 번개를 맞고도 멀쩡히 살아 움직이는 걸 내 눈으로 직접 봤었지."

몇몇 부족장이 동의하며 고개를 끄덕였다. 그들은 무릎을 치며 유릭이 건재할 거라 외쳤다.

"그렇다면 제사장을 불러서 대족장의 생사를 점쳐봅시다. 우리 연맹의 운명도 말이오."

문명인 용병들이 심각한 표정으로 뭐라 말했다. 멀리서 그 말을 듣던 바샤는 눈을 크게 뜨더니 황급히 고트발의 천막을 찾아갔다.

"사제님, 루께서 제 기도를 들어주셨어요!"

바샤가 들어오자마자 외쳤다.

고트발은 축 처진 어깨로 기도를 하고 있었다. 무릎을 꿇고 있는 고트발이 뒤도 보지 않고 대답했다.

"……무슨 기도 말입니까?"

"루께서 야만인들을 죽여달라는 제 기도에 답하셨어요! 야만인과 유릭이 죽었다고요! 드디어 루의 심판이 내려온 거죠!"

바샤는 잔뜩 흥분하여 외쳤다. 뺨은 상기되어 붉었다. 그녀는 기뻐서 춤을 추고 싶은 심정이었다.

'루께서 내 기도를 들어주셨어. 역시 날 보고 계신 거야.'

고트발은 천천히 무릎과 허리를 세웠다.

"루께서는 그런 기도에 답하지 않습니다. 증오 어린 기도를 들어주는 건 야만의 신입니다."

"사제님은 아무것도 몰라요. 루께서 제게 야만인을 죽이라고 말씀하셨죠. 제게 야만인을 죽일 힘도 주셨어요."

바샤가 펄쩍 뛰며 말했다. 그녀는 기뻐서 어쩔 줄 몰랐다. 멀게만 느껴지던 루가 다시 한번 그녀의 곁에 다가왔다.

"바샤, 당신의 증오에 루를 이용하지 마십쇼. 신을 핑계 삼아 당신의 분노와 증오를 정당화하지 말란 말입니다."

고트발의 언성이 높았다. 그러나 바샤의 웃음은 멈추지 않았다.

"사제님도 기뻐하셔야죠. 재앙이 끝났어요. 이제 다시 평화가 찾아올 거라고요."

고트발의 미간은 더욱 좁아졌다. 그도 유릭이 죽었을지도 모른다는 소식을 들었다. 심장이 욱신욱신 저려왔다.

'수많은 사람의 죽음을 봤지만……'

유릭은 고트발에게 특별한 존재였다. 유릭은 문명과 야만의 구별 없이 서로 똑같은 루의 자식이며 인간이라는 상징이자 증거였다.

'당신이 죽었다는 말을 받아들이기가 힘들군요.'

고트발은 게슴츠레한 눈으로 바샤를 바라봤다. 활기차게 웃는 바샤가 미웠다. 유릭의 죽음에 순수하게 기뻐하는 소녀가 눈앞에 있었다.

'미워해야 할 건 분노를 품는 내 마음이다.'

고트발이 눈을 감았다. 숨을 작게 들이마시며 내뱉었다.

고트발은 바샤를 이해했다. 야만인에게 평온한 삶을 모조리 빼앗긴 소녀였다. 희망이라 생각했던 태양사제는 소녀를 겁탈했다. 바샤는 증오와 분노만 남은 인간이었다.

'내가 그런 바샤를 이해하지 않으면 누가 알아주겠는가?'

고트발은 바샤의 어깨를 잡았다.

"사람이 죽는 건 문명인이든 야만인이든 기뻐할 일이 아닙니다."

"저는 기뻐할 거예요. 저만 기뻐하는 게 아니라고요. 수많은 사람이 유릭의 죽음에 기뻐하겠죠."

고트발은 쓰게 웃었다. 바샤의 말도 맞았다. 유릭은 문명인의 적이다. 무고한 이들이 유릭 때문에 고통을 받았다.

"아직 유릭이 죽었다고 확정된 게 아닙니다, 바샤."

"유릭은 죽었어요. 루께서 제 등 뒤에 깃들어 야만인의 죽음을 속삭였죠."

"제가 아는 유릭은 신들의 축복을 받은 자입니다. 이렇게 데려가진 않을 겁니다."

바샤가 볼멘 표정으로 고트발을 바라봤다.

'어째서 사제님은 유릭을 저리도 옹호하는 거지?'

고트발은 훌륭한 성직자였다. 외팔이 성자라는 별명이 과언이 아니었다. 그런 인물이 야만인의 수장을 좋아했다. 전혀 이해하기 힘들었다.

바샤만 고트발과 유릭의 관계를 이해 못 하는 게 아니었다. 대부분의 야만인도 마찬가지였다. 대족장 유릭과 가까운 고트발을 못마땅해했다.

"……바샤, 지금 상황이 좋지 않습니다. 우리가 여기 머물 수 있었던 건 유릭이 뒤를 봐줬기 때문입니다. 유릭의 보호가 없다면 우리의 목숨도 장담할 수 없습니다."

고트발이 말하기가 무섭게 바깥에서 누군가 걸어오는 소리가 들렸다. 바샤도 잔뜩 긴장하며 무기가 될 만한 걸 찾아 두리번거렸다.

"고트발, 안에 있소?"

어색한 제국어였다. 전사 셋이 무장한 채로 천막 안으로 들어왔다.

'바샤라도 빠져나가게 해야 한다.'

고트발은 여차하면 몸을 던져서라도 바샤가 살아날 길을 열 생각이었다.

"때가 되었소, 고트발."

전사들이 한 발자국 더 가까이 다가왔다. 그들의 표정은 사나웠다.

바샤는 불쏘시개를 조심스레 들었다. 고트발은 그런 바샤를 보며 고개를 흔들었다. 전사 세 명을 상대로 이길 리가 없었다.

"대족장 유릭이······."

전사가 입을 떼며 고트발과 바샤를 번갈아 바라봤다.

"···만약 자신에게 무슨 일이 생기면 댁들을 바르카 왕에게 데려가라 했소. 필요한 것만 챙기시오. 지금 바로 움직일 테니까."

전사가 턱짓을 하며 팔짱을 꼈다.

고트발의 눈이 커졌다.

"유릭······."

유릭은 자신이 죽더라도 고트발이 안전히 돌아갈 수 있도록 부하들에게 언질을 해뒀었다.

"따라오시오. 연맹 내부의 움직임이 심상치 않으니까."

전사들이 고트발을 재촉했다. 고트발과 바샤는 최소한의 물건만 챙기고 움직였다.

"바짝 붙어 있으시오. 누가 덤벼들어도 이상하지 않은 상황이오."

호위하는 전사가 주변을 흘겨봤다.

바깥에서는 살기등등한 전사들이 고트발을 노려봤다. 도끼를 꼬나 쥐고 이리저리 흔드는 자들도 있었다. 기회만 되면 고트발을 죽이려고 벼르던 전사들이었다.

"사제님, 루께서 우리를 지켜주실 거예요. 야만인을 두려워하지 않아도 돼요. 유릭을 죽인 것처럼 저들도 벌할 테니까요."

바샤는 어깨를 당당히 펴고 걸었다. 그 말을 들은 호위전사가 인상을 찌푸리더니 바샤의 손목을 잡았다.

찰싹!

전사가 두툼한 손으로 바샤의 뺨을 때렸다.

"이, 이 야만인이!"

바샤가 벌게진 얼굴로 대들었다. 전사는 코웃음을 치며 바샤의 뺨을 번갈아 계속 때렸다.

짜악!

바샤의 입안이 터져서 피가 입술을 타고 흘러내렸다. 그녀는 숨을 헐떡이며 전사를 노려봤다.

짝!

전사는 한 번 더 바샤의 뺨을 때렸다. 바샤의 볼이 시퍼렇게 멍들었다.

"지금 널 지키는 건 대족장 유릭의 명을 받은 우리다. 네년의 신이 지켜주는 게 아니지. 아직도 못 알아먹었나?"

바샤가 피가 섞인 침을 바닥에 뱉으며 입가를 닦았다. 그녀가 뭐라 말하기도 전에 고트발이 바샤의 어깨를 잡아당겼다.

"바샤, 그만두십쇼. 무례를 범한 건 당신입니다."

고트발과 호위전사의 눈이 마주쳤다. 호위전사는 바샤의 발밑에 침을 뱉고는 다시 걸었다.

"루, 루께서 우리를 지켜줄 거예요. 그렇죠? 사제님?"

바샤가 입술을 파르르 떨며 말했다. 고트발은 나직이 고개를 끄덕이며 바샤의 어깨를 토닥였다.

고트발과 바샤는 전사들의 호위를 받아 바르카 왕에게 갔다. 바르카는 고트발과 바샤를 자신의 휘하에 두고 기사들에게 호위를 명했다.

'연맹 내부의 흐름도 심상치 않아.'

바르카는 쓰게 웃었다. 아직까진 포위망이 유지되었지만 이대로 가다간 와해되는 건 시간문제였다.

유릭과 전사들은 뱀교의 신도를 따라 움직였다.

"저자는 도대체 누구입니까?"

게오르크가 유릭에게 물었다. 유릭은 추격대가 없는지 뒤를 확인하다가 대답했다.

"뱀교 소속이다. 뱀교는 하멜의 하층민 사이에 암암리 퍼져 있지."

앞서가던 사내가 유릭의 말을 듣더니 고개를 끄덕였다.

"그렇소. 우리가 이렇게 살아남은 것도 당신 덕분이오, 유릭. 당신 덕분에 우리는 제국군의 눈을 피해 깊숙이 하멜에 뿌리를 내렸소."

황제 얀키누스와 제국군은 하멜의 뱀교를 나름 박멸했다고 판단했다. 그 뒤로 서부개척과 전쟁이 이어지면서 뱀교는 예전보다 더 번성했다. 힘겨운 전쟁 중인 제국은 뱀교에 신경 쓸 여력이 없었다.

"아직 더 가야 하나?"

유릭이 물었다. 전사들에겐 안식처와 휴식이 필요했다. 반송장 상태로 겨우 걷는 전사도 여럿이었다.

"곧 도착할 거요."

사내가 그리 대답하곤 갈림길도 망설임 없이 전진했다.

드르륵.

사내가 벽을 밀었다. 막힌 줄 알았던 벽이 회전하더니 안쪽으로 들어가는 길이 나왔다.

"원래 하수도로 만든 길이 아니라 새로 뚫어서 만든 공간이로군."

유릭이 안으로 따라 들어가며 말했다. 뱀교의 새로운 은신처였다.

"하멜 초창기에 수해를 막기 위해 물을 저장할 지하공동을 지었으나, 하수도를 만든 뒤에는 여길 막았소. 지금은 제국군도 모르는 공간이지."

서서히 사람들이 보였다. 지저분한 통로 좌우로 앉아 있던 부랑자들이 하나둘씩 일어났다.

"오오오."

"저자가 유릭이로군."

"세상이 선택한 종말의 짐승."

어떤 이들은 유릭을 보며 무릎을 꿇기도 했다. 기이한 광경이었다.

'예전보다 그 세가 더욱 늘었다.'

유릭은 훨씬 늘어난 뱀교의 신도들을 바라봤다. 통로 끝에는 커다란 공동이 있었다. 원래 홍수를 대비하던 곳답게 수백여 명이 움직일 수 있을 정도로 넓었다.

유릭은 손을 들어 올려서 전사들에게 휴식 명령을 내렸다. 그나마 몸이 멀쩡한 자들이 무기를 들곤 경계를 맡았다.

"트리키는?"

유릭이 사내를 재촉했다. 사내가 계속 따라오라고 손짓했다.

"게오르크, 올가. 따라와."

올가가 전사 서넛을 이끌고 유릭을 따라 움직였다.

'내가 아는 사람은 보이지 않아.'

유릭도 뱀교의 몇몇 주요인물을 기억하고 있다. 방주 트리키, 귀족이지만 트리키의 제자였던 발도르⋯⋯.

지하공동 끝에는 신전과도 같은 방이 있었다. 들어가는 입구 좌우로는 촛불이 켜져 있었다.

"유릭을 데려왔습니다."

사내가 돌문을 두드리며 말했다.

삐걱.

문이 열렸다. 그나마 깨끗한 옷을 입은 사내들이 유릭을 쳐다보며 뭐라 말했다.

"저자가 방주님과 발도르가 말하던 그 유릭이로군."

사내들이 웅성거리며 유릭을 바라봤다.

"트리키는?"

유릭이 다시 한번 물었다. 사내들이 손을 들며 제단을 가리켰다.

유릭은 반투명한 천을 걷으며 제단 앞에 섰다. 그의 눈썹이 위로 씰룩거렸다. 입가가 천천히 일그러졌다.

"이게 트리키란 말인가?"

"방주님께선 당신의 이야기를 자주 했소. 그런 당신이 군대를 이끌고 나타났지. 당신은 세상을 부술 파괴자로 선택을 받은 거요."

사내들이 유릭의 뒤에서 속삭이듯 말했다. 유릭은 제단 위에 있는 메마른 시체를 바라봤다.

'시체가 썩지도 않고 건기의 나무처럼 바짝 말랐어.'

트리키의 시체는 기이했다. 썩지 않고 말라 있었다. 어떻게 이렇게 된 건지는 모른다.

'남부의 시체처리 방식인가?'

유릭은 기적이나 마법이라 생각하지 않았다.

'그저 내가 모르는 어떤 방법으로 시체를 이렇게 만든 거겠지. 기적이나 마법은 아니다.'

불과 수어 년 전의 유릭이었다면 괴이한 마법이나 주술이라 믿었을 것이다.

"트리키는 죽었군."

유릭이 중얼거렸다. 트리키는 썩지 않는 시체가 되어 제단에 누워 있었다.

"살아 있는 것도 죽어 있는 것도 아닌 상태인 거요. 때가 되면 그분께서 일어나 우리를 다음 세상으로 인도할 거요. 그분은 다름 아닌 위대한 방주니까."

"아니, 죽었어. 심장이 뛰지 않잖아. 그럼 죽은 거야."

유릭이 단언했다. 사내들이 인상을 찌푸리며 유릭의 등을 노려봤다.

"여기에 이제 날 아는 사람들은 없는 건가? 다들 내 이야기를 들은 사람밖에 없군."

유릭이 뱀교의 사제들을 바라보며 말했다.

"당신을 아는 자들은 모두 순교했소. 위대한 성인들의 죽음이었지. 성인들의 죽음이 뱀교를 이렇게 크게 만들었소. 나는 인도자 루드밀이오."

사제들 중심에 있던 사내가 말했다. 그는 자신이 인도자라 말했다.

"바위도끼의 유릭."

유릭이 루드밀의 악수를 받아들였다. 어쨌거나 지금 도움을 받은 세력은 뱀교밖에 없었다.

"세계의 의지에 따라 약속된 종말을 수행하시오, 유릭."

루드밀이 눈을 부릅뜨며 말했다.

"세계의 의지고 뭐고, 음식과 화상에 잘 듣는 연고를 줘. 그래야 제국 놈들을 잡아 족칠 수 있으니까."

유릭은 그리 말하곤 말라비틀어진 트리키를 다시 한번 바라봤다.

"죽음이란 때론 허무할 만큼 경고 없이 찾아오지, 트리키."

유릭이 씁쓸하게 웃으며 제단에서 멀어졌다. 그는 뱀교의 사제들을 살폈다.

'내가 예상했던 트리키의 뱀교와는 느낌이 달라. 사람들의 눈에는 억눌린 사나움이 있어.'

트리키는 야만의 종교를 문명화하려고 했다. 그러나 트리키는 생각보다 빨리 죽었다.

"종말의 짐승이여, 고통으로 가득 찬 이 세상을 부숴주시옵소서."

유릭이 지나갈 때마다 비렁뱅이들이 유릭의 발목을 잡으며 중얼거렸다.

게오르크도 사색이 된 표정으로 유릭을 바라봤다.

"유릭, 이들은 당신을 숭, 숭배하고 있습니다. 도대체 예전에 하멜에서 무슨 짓을 하신 겁니까?"

여섯 손가락을 가지고 태어난 순간부터 육손이의 운명은 정해졌다. 기형아는 전사가 되지 못하기에 살아남는다면 주술사가 된다.

육손이는 주술사가 되었다. 주술사 세계에서는 기형이 오히려 이득이 되곤 한다. 부족민들은 주술사의 생김새가 더 기괴할수록 영험하다고 믿었다.

철퍽, 철퍽.

육손이는 곤충의 사체와 네발짐승의 피, 숯가루를 섞어 만든 피를 얼굴에 덕지덕지 발랐다. 얼굴이 새카맣게 변했다.

"스으으읍."

숨을 크게 들이마시며 지팡이를 잡았다. 뼛조각이 부딪히면서 딸깍이는 소리가 났다.

육손이는 족장들의 부름을 받았다. 중요한 판단에 앞서서 점을 치는 건 오랜 전통이었다. 인간은 하늘의 뜻을 거스르면 안 된다. 거스른 자에겐 재앙과 불행이 찾아올 뿐이다.

'우린 고향으로 돌아가야 돼.'

육손이는 천막을 나가며, 하늘산맥도 보이지 않는 서쪽을 바라봤다.

'너무나 멀리 왔어.'

하늘산맥을 넘었으면 안 됐다. 하늘산맥이라는 금기를 어기고 다른 세계를 침공했다. 두 세계가 이어지면서 많은 피가 흘렀다.

'그 누구도 금기를 어겼으면 안 됐어.'

하늘산맥을 넘은 유릭. 전사들은 업적이라 칭송했지만 어떤 이들은 여전히 금기를 어겼다며 수군거렸다.

"금기를 어기면 하늘의 분노를 살 뿐."

육손이는 고향의 땅이 그리웠다. 황량한 대지가 보고 싶었다. 메마른 바람을 맞으며 하루하루 살아가는 삶이 좋았다.

고향에서는 모두가 주술사를 필요로 했다. 이곳에서는 별을 보고 길을 찾을 필요도 없었다. 전사들은 상처를 입으면 흰색 옷을 입은 사내들에게 치료를 받았다.

전사들은 신비로운 주술 대신에 낯선 지식에 열광했다. 주술사들의 입지는 나날이 좁아졌다.

'기름지고 좋은 땅이로다.'

육손이는 맨발로 걸었다. 거무스름한 흙은 그대로 반죽해도 될 만큼 찰기가 있었다. 씨를 뿌리면 뭐든 잘 자라는 축복의 땅이었다.

이미 다른 주술사들이 제사 준비를 끝내고 육손이를 기다렸다. 나무로 만든 간이제단이 있었고, 부족장과 전사들이 멀찍이서 제사가 시작되길 기다렸다.

"제물은?"

덩치가 큰 전사들이 포로 십여 명을 데리고 나왔다. 중요한 의식인 만큼 제물도 많았다.

유력이 없기에 인신공양을 막을 자도 없었다. 구경하는 전사들은 피를 갈구했다.

"아, 으으아아아."

포로들은 자신들이 무슨 꼴을 당할지 알았다. 단순히 병사만 있는 게 아니었다. 지체 높은 기사나 귀족들도 포로에 섞여 있었다.

"나, 나는!"

귀족이 무어라 외쳤지만 전사들의 함성에 묻혔다. 제사에 쓰이는 제물은 지위가 높을수록 좋았다. 제물은 귀할수록 가치가 있는 법이다.

"커어어억! 쿨럭!"

주술사들이 억지로 포로들에게 약물을 먹였다. 누르스름한 액체가 포로들의 목구멍으로 넘어갔다.

기이잉.

포로들의 눈동자가 풀렸다. 손발이 붕 뜨는 듯한 착각마저 일었다. 약효는 매우 강하고 빨랐다. 난동을 피우던 포로들조차 거북이처럼 천천히 고개를 돌리며 얌전히 앉았다.

전사들이 궁금해하는 건 유릭의 생사와 전쟁의 결말이었다. 그들에게 확고한 믿음을 주던 유릭은 이 자리에 없었다.

'지친 전사들이 싸우려면 하늘의 뜻이 필요하지.'

육손이는 눈을 깜빡이며 푸른 하늘을 바라봤다.

'하늘은 늘 변하지 않는다. 그 어디에서도 똑같은 하늘이지.'

대지는 변해도 하늘은 그대로인 법.

육손이는 품속에서 피에 절은 단도를 꺼냈다. 수많은 짐승과 인간의 배를 가른 단도였다.

"끄으으어어어."

약에 취한 포로가 침을 흘리며 신음했다.

알몸에다가 털가죽만 걸친 주술사들이 포로의 팔다리를 붙잡아 제단 위에 눕혔다.

푹.

육손이는 거침없이 단도를 제물의 배에 밀어 넣었다. 동물의 가죽을 벗기듯 내장을 건드리지 않았다.

찌이익!

살가죽이 갈라지면서 인간의 내부가 활짝 열렸다. 육손이와 주술사들은 꿈틀거리는 오장육부를 바라봤다.

"히익, 히이이익."

뱃가죽이 열린 포로가 비명을 질러댔다. 아무리 약에 취해도 내장이 훤히 드러나는 꼴을 당하니 버티지 못했다.

"커어어억!"

육손이는 포로가 죽기 전에 심장을 도려내 꺼냈다.

두근, 두근.

뜨거운 생명이 육손이의 손아귀에서 요동쳤다.

"오오, 오오오오!"

심장을 본 전사들이 흥분하며 소리를 질렀다.

"하늘에 피를 바쳐라!"

"생명을 거두어라!"

육손이의 곁에 선 주술사들이 크게 외쳤다. 목소리가 쩌렁쩌렁 퍼졌다.

둥, 둥, 둥.

견습 주술사들이 일정한 간격으로 북을 쳤다. 사람의 심장 소리와 비슷했다. 북과 심장의 고동이 서서히 하나로 겹치면서 흥분은 광기로 변했다.

촤아아악!

다른 포로들은 거꾸로 매달린 채로 목이 잘렸다. 밑에 놓아둔 쟁반에 인간의 피가 홍건히 떨어졌다.

철퍽, 철퍽.

주술사들은 핏물에 손을 담그며 전사들에게 축복을 내렸다.

전사들이 그간 잊고 있었던 피의 축제였다. 피는 인간의 생명이다. 생명은 가장 소중하다. 그런 생명을 바쳐 하늘을 숭배하는 것. 부족사회에서는 가장 고귀한 의식이었다.

"나, 나는…… 코도모스, 제국건국의 공신 가문……."

가장 신분이 높은 포로가 끌려 나왔다. 약에 취한 상태에서도 제법 또렷하게 말을 내뱉었다.

"하늘의 주목을 받기 위한 제물을 충분히 바쳤다."

육손이가 피에 젖은 단도를 닦으며 말했다. 이제 그 뜻을 물어볼 차례였다.

"나는 코도모스……!"

귀족이 한 번 더 외쳤다. 약에 취해도 몇 번이나 말하는 걸 보면 굉장히 자존심이 강한 듯했다.

촤악!

육손이는 귀족의 입안에 칼날을 집어넣어 혓바닥을 잘라냈다.

"우린 네 입에서 답을 얻으려는 게 아니다."

잘린 혓바닥에 땅에 떨어졌다.

"……네 생명에 답을 묻겠다."

육손이도 연기를 많이 마셔서 시야가 좁아졌다. 전사들의 얼굴이 일그러진 것처럼 보였다. 가만히 서 있어도 하늘이 빙글빙글 도는 듯했다.

'하늘이여, 대답을 주시오. 우리가 갈 길을……'

육손이는 간절히 바랐다. 그 누구보다 대답을 갈구하는 건 본인이었다.

'금기를 어기고 하늘의 뜻을 속이던 우리를 용서하시오.'

연맹군이 하늘의 뜻대로 움직인 적은 거의 없었다. 하늘의 분노를 수없이 사도 이상하지 않았다.

'사미칸과 유릭은 하늘을 저버리고 금기를 어긴 대가를 치렀다.'

육손이는 사미칸 때문에 몇 번이고 점괘를 속였다. 하늘의 뜻과 다른 말을 전사들 앞에서 내뱉었다. 육손이에겐 언제나 고통이었다.

'더 이상 하늘의 뜻을 속이지 않아.'

하늘의 뜻에 따라 사는 충실한 삶.

육손이는 만족스레 웃었다. 점괘의 결과를 기다리며 귀족 포로의 배를 갈라 내장을 잡아 뺐다.

촤아아아!

창자가 길게 늘어지며 뽑혀 나왔다. 육손이는 내장을 바닥에 던지며 핏자국의 위치를 바라봤다.

모락모락 피어오르는 악취 속에서 육손이는 하늘의 뜻을 엿보았다. 피가 형형색색으로 빛났다. 피가 담긴 쟁반은 거울처럼 육손이의 얼굴을 비췄다.

둥!

북소리가 퍼졌다. 쟁반의 핏물이 일렁이며 비친 육손이의 얼굴도 흐려졌다.

육손이는 몇 번이나 눈을 깜빡였다. 쟁반의 핏물이 다시 잔잔해졌다.

"커, 커억, 컥컥!"

육손이가 갑자기 혼자서 목을 붙잡으며 신음했다. 그는 피의 쟁반에서 유릭의 모습을 봤다. 육손이의 눈동자가 공포에 질렸다.

첨벙.

환청이 들린다. 핏물 속에서 유릭이 팔을 뻗었다. 유릭의 큼직한 손가락이 육손이의 목을 졸랐다.

'내, 내가 유릭을 두려워하는 건가?'

자해하는 듯한 육손이의 행동에 당황하는 사람은 없었다. 그저 육손이가 하늘의 뜻을 엿보고 돌아오길 기다렸다.

'어째서 여기서 네가 나오는 거냐! 유릭!'

육손이가 소리 없는 고함을 쳤다. 그는 자신의 목을 쥐는 유릭을 노려봤다. 피의 쟁반에서 일어선 유릭은 사납게 육손이를 노려봤다.

"카아아악!"

육손이가 숨을 크게 내뱉으며 머리를 흔들었다. 환각에서 벗어난 육손이가 바닥에 엎드리더니 핏자국과 내장들을 바라봤다.

"맙소사! 저 꼴을 봐!"

갑자기 전사들이 소리를 질렀다. 창자를 뽑힌 귀족 포로가 일어섰다. 갈라진 뱃가죽의 안쪽은 텅텅 비어서 공허했다.

귀족 포로는 초점 없는 눈동자로 뭐라 말했다. 언어가 아닌 괴이한 소리였다. 노래를 부르는 것 같기도 했다.

-살아 있다.

육손이에게는 그리 들렸다. 그저 소음에 불과한 괴성이 사람의 언어처럼 육손이의 귀에 스며들었다.

불안과 공포가 형체를 갖추며 육손이를 집어삼키려고 했다.

털썩.

내장이 없는 몸으로 걷던 귀족 포로가 쓰러졌다. 육손이가 포로의 곁으로 허겁지겁 기어가다시피 했다.

모든 징조가 유릭의 생존을 가리켰다. 육손이는 점괘를 부정하기 위해 다른 징조를 찾아 헤맸지만 보이지 않았다. 유릭의 죽음을 상징하는 징조가 나오지 않았다.

'안 돼. 이래선 안 돼.'

육손이가 죽음의 징조를 찾아 피와 내장을 손으로 뒤적였다.

둥, 둥, 둥.

북소리가 점점 잦아진다. 부족장과 전사들은 육손이의 말을 기다리고 있었다. 광란은 가라앉았고, 피는 식어가며 굳었다.

"제사장."

주술사들이 중얼거렸다. 흥분이 완전히 가라앉기 전에 점괘를 말해야 했다.

'이건 길조다.'

다른 주술사들도 어렴풋이 점괘의 결과를 알았다. 어느 부족이나 징조의 상징은 비슷했다. 이번 제사에서는 포로들의 강인한 생명력이 돋보였다. 부정적인 징조도 없었다.

'대족장 유릭은 살아 있을 터. 적어도 지금은 살아 있다.'

주술사들이 육손이의 등을 보며 눈치를 살폈다. 주술사 사회의 권력은 육손이가 휘어잡았다. 사미칸이 죽은 뒤로, 대족장 유릭은 주술사 사회에 간섭하지 않았다.

육손이는 독보적인 위치의 제사장이었다.

달그락.

육손이가 지팡이를 잡으며 몸을 일으켜 세웠다. 그는 부족장들을 바라보며 천천히 입을 뗐다.

'이번 한 번만 더.'

평생 하늘의 점괘를 속이며 살아왔다. 사미칸의 이익을 위해서, 때론 정치적 생존을 위해서…… 여러 이유로 육손이는 하늘의 뜻을 거짓으로 말하곤 했다.

'마지막 한 번이다.'

그리운 고향으로 돌아갈 수 있다. 그곳에서는 전사들이 주술사를 우러러본다.

"으으으음. 우우움, 음."

주술사들이 침음을 내며 웅장한 소리를 냈다.

"……우린 돌아가야 하오. 우리를 떠받치던 대지가 멀어졌소. 땅에서 태어난 우리의 기력은 쇠했지."

육손이가 중얼거렸다. 그가 차분히 고개를 들며 말을 이었다.

"고향에 돌아가 위대한 유릭의 죽음을 기립시다."

육손이가 선언했다. 부족장과 전사들은 고향으로 돌아갈 명분을 얻었다.

육손이의 뒤에 서 있던 주술사들은 침묵했다. 그들도 알고 있었다. 변화하는 연맹에서는 주술사들이 서 있을 자리가 없었다. 변화를 멈추려면 고향으로 돌아가야 한다.

모두가 육손이의 점괘를 믿고 따르는 건 아니었다. 유릭이 살아 있을 거라 말하며 싸움을 계속해야 한다는 파벌도 있었다. 그러나 지친 전사들은 육손이의 아늑한 말에 귀를 기울였다. 굳이 점괘가 아니라도 유릭이 죽었을 거라 생각하는 전사들이 많았다.

대지를 잃은 전사들은 더 이상 서 있지 못했다.

뱀교의 신자들은 대부분이 하층민이다. 하수로의 오물처럼 사회의 가장 밑바닥에서 고통받던 자들이었다.

태양교는 세상을 바꾸지 못한다. 왕은 왕이고, 귀족은 귀족이다. 태양교는 세상이 잘못되었다고 말하지 않았다. 그저 사랑과 자비로 살아가야 한다고 말한다. 태양교는 언제나 인간에게 초인적인 인내와 이해를 요구했다.

굶주린 자에게 사랑과 자비는 공허한 말에 불과하다. 내일의 삶이 두려운 자들에게 사랑과 자비는 머나먼 말이다. 귀족의 수탈로부터 모든 걸 뺏긴 자들의 가슴에는 사랑과 자비가 깃들 공간이 없었다.

"드디어…… 때가 왔다."

뱀교의 신자들은 들떠 있었다. 종말의 짐승이라 불리는 유릭이 하멜에 당도했다. 고통뿐인 세상을 파괴할 자, 다음 세계를 위한 의지의 현현. 언제부터인지 몰라도 뱀교의 신자들은 유릭을 기다리고 있었다.

'지금 뱀교를 이끄는 건 인도자 루드밀.'

유릭은 지하공동을 흘겨봤다.

'내가 트리키를 만났을 때, 루드밀은 없었어.'

기억을 천천히 더듬었다.

"우리가 도울 수 있는 일이라면 뭐든 돕겠소."

루드밀이 주름진 얼굴로 말했다.

'어쨌건 내겐 기회지.'

이미 트리키는 죽었다. 뱀교에 무슨 일이 있었던 간에 이제는 아무런 상관이 없었다.

"간악한 귀족들을 전부 죽여주십쇼."

"우리에게서 모든 걸 뺏은 자들을."

사람들이 유릭에게 매달렸다. 루드밀이 그들을 제지했다.

전사들은 숨을 돌리며 부상을 치료했다. 잠시나마 숨을 돌릴 수 있다는 것만으로도 굉장한 이득이었다.

'제대로 싸울 수 있는 놈은 백 명도 남지 않았지만……'

이미 제국군은 잔뜩 경계하고 있다. 원래도 힘든 작전이었는데 더 최악의 상황에 이르렀다.

'어떻게든 뱀교의 도움을 받아야 한다.'

유릭은 루드밀에게 뱀교에 대한 상황을 들었다. 제대로 무장한 병력은 없다시피 했다.

"한 가지 묻고 싶은 게 있군."

유릭은 딱딱한 빵을 으적으적 씹어 먹었다. 다른 전사들도 휴식을 취하면서 조촐한 식사를 했다. 뱀교는 없는 식량을 탈

탈 털어서 유릭과 전사들을 대접했다.

'우리와 함께 싸우고 싶다는 건 사실이겠지. 사실이 아니더라도 지금은 뱀교와 손을 잡는 것 말고는 다른 방법이 없다.'

유릭의 머리는 빠르게 굴러갔다.

"대답은 거의 다한 것 같소만?"

루드밀이 눈을 가늘게 떴다. 그의 얼굴에 새겨진 주름의 개수를 봐선 고생을 많이 한 듯했다.

"조야라는 사람을 아나?"

연맹군 내에 전염병이 크게 돌았을 때, 유릭은 자칭 뱀교의 사제라는 조야의 도움을 받았다. 조야는 금방 사라졌지만, 그의 약은 몹시 잘 들어서 큰 도움이 됐었다.

루드밀이 유릭을 빤히 쳐다봤다.

"그게 누구요?"

루드밀이 반문했다. 유릭의 입가가 씰룩였다.

"아니, 아무것도 아니야."

유릭은 트리키의 시신이 있는 제단 쪽을 바라봤다. 천으로 가려진 제단은 신자들의 숭배를 받았다.

"여기라면 당분간은 제국의 눈을 피할 수 있을 거요. 다들 입이 무거운 자들이니 걱정은 접어둬도 되오."

루드밀은 자신들이 지금까지 준비한 하멜전복계획을 설명했다. 오랫동안 준비해서 치밀한 계획이었다.

"한 번 호되게 당했으니 화염기름이 얼마나 무시무시한 물건인지 알 거요."

"화염기름이라 부르는가 보군."

"우리 뱀교의 신자들 중에서는 황궁의 하인들도 있소. 화염기름을 어디서 보관하는지도 알아냈지."

거기까지만 말해도 유릭은 루드밀의 뜻을 알았다.

"올가! 내 옆에 와라!"

유릭은 쉬고 있던 올가를 불러서 옆에 세웠다. 전사들이 나뉘져서 행동한다면 지휘를 맡길 사람은 올가뿐이었다.

"이들을… 믿을 수 있는가?"

올가가 루드밀을 쳐다보다가 유릭에게 물었다. 부족어라 루드밀은 그 대화를 이해하지 못했다.

"믿지 못하더라도, 믿어야 하는 상황이지. 내가 너에게 등 뒤를 맡기는 것처럼 말이야."

올가가 어깨를 들썩이며 웃었다. 그는 고개를 끄덕이며 유릭의 옆에 쪼그려 앉았다.

루드밀이 마저 계획을 설명했다.

"화염기름 창고가 황궁 바깥에 있소. 목재창고라고 알려져 있으나, 사실은 불을 조심해야 하기에 목재창고라고 속이는 거지."

"이렇게 중요한 물건을 황궁 바깥에 보관한다고?"

유릭이 턱을 매만지며 인상을 찌푸렸다.

"취급이 어려운 물건이라서 그런 걸 거요. 자칫하면 황궁이 불탈지도 모르니 말이오."

제국은 아직 화염기름을 완전히 자유자재로 통제하지 못한다. 화염기름이 널리 보급이 되려면 시간이 더 필요했다.

"위력은 몸소 겪었지. 직접 무기를 들지도 않고도 전사들을 죽이더군."

"화염기름 창고를 습격해 불을 지르면 제국군이 그쪽으로 몰릴 거요. 화재를 진압하지 않으면 도시 전체가 위험할 테니 두고 보지 못하겠지."

"그사이에 성문을 공격해 열면 된다는 건가?"

"삼 일만 기다리면 되오, 창고경비 중에 뱀교의 신도가 있소. 이틀 뒤에 그자가 길을 만들어줄 거요."

"삼 일이나?"

유릭이 이맛살을 찌푸렸다. 시간을 많이 두자니 불안했다. 벌써 약속된 시간이 한참이나 지났다. 예정대로라면 침입한 날 아침에 성문을 열어뒀어야 했다.

"경비가 삼엄할 거요. 내통자 없이는 침입이 힘들지."

유릭이 대답을 망설였다. 감이 좋지 않았다. 유릭은 자신의 직관을 믿는 편이었다.

"루드밀 님!"

아직 어린 소년이 황급히 지하공동으로 들어왔다. 소년은 루드밀을 찾아 소리를 질렀다.

"무슨 일이냐?"

"저, 저기 제국군이 유, 유릭 님이 죽었다고 선전하고 있습니다."

소년이 말을 더듬었다. 루드밀은 소년을 진정시키곤 바깥 상황에 대해 들었다.

"오히려 기회인 거지. 죽은 줄 알았던 자가 돌아오면 제국군도 깜짝 놀랄 터!"

루드밀은 별거 아니라는 듯이 소년을 돌려보내려고 했다. 유릭은 소년을 붙잡았다.

"히이이익!"

소년이 기겁하며 손을 뺐다.

종말의 짐승은 뱀교의 편이었으나, 그럼에도 공포의 상징이었다. 뱀교의 신도들도 무시무시한 유릭의 소문을 수없이 들었다. 유릭의 손에 죽어 나간 문명인은 셀 수도 없을 정도다.

"안 잡아먹는다. 묻고 싶은 게 있어."

소년은 고개를 끄덕이며 침을 꿀꺽 삼켰다.

"죄, 죄송해요. 놀라서 소리를 질렀어요."

소년은 루드밀의 눈치를 살피며 유릭의 말을 공손히 기다렸다.

"내가 죽었다는 말을 바깥의 군대에게도 전했어?"

"아마도…… 그럴 거예요. 불에 탄 시체들을 수레에 실어서

성 밖으로 보내는 걸 봤어요."

유릭은 턱을 괴며 생각하더니 루드밀을 바라봤다.

"삼 일이나 기다릴 시간이 없어."

"그게 무슨 의미요?"

"내가 죽었다고 판단하면 군대가 철수할 거야."

"다 이긴 전투를 포기한단 말이오? 문명세계를 공포에 떨게 만든 약탈자 군대가 왜 도망간단 말이오!"

루드밀이 오히려 노발대발했다.

"상황은 생각보다 유리하지 않아. 하수로로 침투한 것도 다른 방도가 없어서 실패하면 끝이라는 심정으로 들어온 거다. 내가 실패해서 죽었다고 판단하면 군대가 물러날 가능성이 높지. 여기서 더 큰 손해를 입는다면 정말로 돌이킬 수 없는 상황이 되니까."

지금 포를카나와 연맹군이 물러난다면 당분간은 안전했다. 어쨌거나 제국은 치명적인 피해를 입었고, 해결해야 할 북부전선과 속국의 독립문제도 남아 있었다.

'그러나 여기서 군대를 모두 잃는다면, 남은 기회조차 잃게 되지.'

가장 중요한 보급이 없었다. 보급이 없다면 아무리 강인한 전사들도 굶어 죽는다. 굶주린 연맹군이 지금까지 하멜을 포위했던 건 순전히 유릭에 대한 믿음 때문이었다. 전사들은 유릭이 연맹을 승리로 이끌 거라 믿었었다.

'나에 대한 믿음이 깨지면 전사들은 더 이상 싸우지 못해. 내가 죽었다고 판단한다면 사기는 급격히 떨어지겠지. 굶주렸는데 사기마저 내려가면 끝이다.'

유릭의 말을 루드밀은 이해하지 못했다. 인도자 루드밀은 군사적 지식이 없었다.

"세상이 제국의 멸망을 바라고 있소! 당신은 세상의 의지이지! 만물이 당신을 도와줄 거요! 실패란 있을 수 없소!"

다른 뱀교의 사제들도 웅성거렸다. 그들에겐 유릭이 희망이었다. 계급사회에 짓눌려 고통 받는 자신들을 해방시킬 신적 존재가 유릭이었다.

"전투의 승리는 병력과 사기, 그리고 보급으로 좌우된다. 세상의 의지와는 상관없어."

유릭의 대꾸에 루드밀과 사제들의 표정이 험악했다.

'우리가 기다리고 있던 종말의 짐승은 저런 사내가 아니야.'

뱀교의 신도들은 유릭이 광기와 분노에 찬 야만인이라 생각했다. 그러나 이 자리에 그 누구보다 냉철한 사내였다.

'우리의 분노를 대변할 사내가 저토록 차갑다니……'

루드밀의 눈동자에는 실망이 역력했다.

유릭이 고개를 삐딱하게 기울이며 루드밀을 바라봤다.

"기습은 오늘 밤이다, 루드밀."

"경비가 삼엄할 거요! 당신들을 잡기 위해서 제국군이 도시 전체를 감시하고 있겠지!"

루드밀은 자신의 계획이 흐트러지는 걸 느꼈다.

"하하, 네 말대로 세상의 의지니 뭐니가 있다면 오늘이라도 성공하겠지. 우린 삼 일이나 기다릴 순 없어. 삼 일 뒤면 하멜을 포위하던 군대도 떠날 거다."

유릭은 루드밀이 뭐라 말하기도 전에 올가에게 지시를 했다.

"올가, 넌 전사들을 이끌고 화염기름이 보관된 창고를 습격해서 제국군의 이목을 끌어. 위험한 일이다. 아마 살아서 다시 만나기 힘들겠지."

올가는 고개를 끄덕였다. 그는 육손이의 말을 다시 떠올렸다.

'불을 조심해라, 육손이가 그리 말했지. 의외로 영험하군. 괜히 연맹의 제사장인 게 아니야.'

올가가 피식 웃었다. 그는 자신의 죽음을 직감했다. 모든 징조가 죽음을 가리켰다.

'여기서 죽는 게 내 운명이라면 당당히 받아들일 수밖에.'

대족장은 천명이 이끄는 자리다. 불의 예언에 따라 죽는다면 그게 자신의 운명일 터. 대족장이 될 천명을 받지 못한 것뿐.

'내 운명으로부터 도망가지 않는다.'

올가와 유릭은 남은 전사를 절반으로 나눴다. 절반은 화염기름 창고를 습격해 이목을 끌고, 나머지 절반은 성문을 열어

젖힐 생각이었다.

"여러분이 성문을 열면 우리도 봉기를 할 겁니다."

루드밀의 주변에는 조잡한 무기를 든 사내들이 있었다. 나름 뱀교의 전사라고 준비한 듯했으나 제대로 된 자들은 몇 없었다.

'원래 뱀교는 남부의 종교이며, 강인한 전사들이 많았지.'

유릭은 오래전에 마주친 뱀교의 전사들을 떠올렸다. 제법 고된 상대들이었다.

'그러나 지금 내 눈앞에 있는 뱀교는 무엇일까……'

트리키가 꿈꾸던 이상도 아니었으며, 남부의 야만적인 종교도 아니었다. 문명의 하층민들에게 스며든 뱀교는 몇 번이고 변질되었다.

"우리가 실패하면 봉기를 하지 않는다는 이야기로군."

루드밀은 난처한 웃음으로 대답을 대신했다. 유릭은 그런 루드밀을 탓하지 않았다.

"……올바른 판단이다. 그런 오합지졸만으로 반란을 일으켜 봐야 헛된 죽음이지."

유릭은 올가에게 턱짓을 했다. 올가는 쉬고 있던 전사들에게 신호를 보냈다.

철그렁, 철그렁.

상처 입고 지친 전사들이 힘겹게 몸을 일으키며 무기를 챙졌다. 더러운 하수로 탓에 가벼운 상처조차 크게 덧났다. 전사들의 얼굴에는 죽음이 드리웠다.

"세상의 의지가 당신의 어깨에 있소, 종말의 짐승이여. 그걸 기억한다면 승리할 거요."

루드밀이 나름대로의 축복을 했다. 안내를 받아 출발하려던 유릭은 코웃음을 치며 루드밀을 돌아봤다.

"인도자 루드밀, 트리키는 널 신뢰했나?"

"물론이오. 방주님께서 직접 날 인도자로 지목했소."

유릭이 샛노란 눈동자로 루드밀을 바라봤다. 루드밀은 숲에서 곰을 만난 듯이 움찔움찔했다. 태연하게 서 있고 싶어도 다리가 떨려왔다. 발까지 가리는 옷자락이 아니었다면 두려움에 떤다는 걸 들켰을 것이다.

"……그래, 그렇겠지."

유릭이 중얼거리며 동굴처럼 캄캄한 하수로로 들어갔다.

유릭과 전사들은 뱀교의 안내자를 따라 미로 같은 하수로를 단숨에 가로질렀다. 갈림길에 도착한 안내자가 걸음을 멈췄다.

"여기서 갈라져야 합니다. 왼쪽이 창고로 가는 방향이고, 오른쪽이 성문입니다."

안내자들이 그리 말하며 유릭의 말을 기다렸다.

유릭은 한 걸음 앞으로 나서며 올가와 전사들을 바라봤다.

"내게 정말로 하늘과 대지의 가호가 있다면…… 여기 있는 위대한 형제들과 나누고 싶군."

유릭이 말했다. 일부 전사들이 눈썹을 꿈틀했다. 그들이 항상 거슬려 했던 것이 유릭의 저런 태도였다.

'그 누구보다 하늘의 가호를 듬뿍 받은 사내가 저런 부정을 탈 말을 내뱉다니…….'

불만 어린 전사들의 반응을 본 유릭이 크게 웃었다.

"하늘보다 먼저 믿어야 할 건 자신의 칼과 단련한 육체다. 하늘에게 자신의 운명을 맡길 정도로 나약해지지 마라."

누군가는 고개를 끄덕였고, 어떤 이들은 고개를 저었다. 그러나 걷는 방향은 같았다. 전사들은 나란히 죽음 향해 간다. 전사가 아니더라도 인간이라면 삶의 방향을 바꾸지 못한다. 누구나 죽음 향해 한 발자국씩 걷는다. 매 순간, 지금도.

to be continued

우진 현대 판타지 장편소설

WISHBOOKS MODERN FANTASY STORY

Wish Books

다시 태어난 베토벤

1827년 한 남자의 죽음으로 고전 시대가 저물었다.

그러나
그가 지핀 낭만의 불씨가 타오르니
비로소 새로운 시대가 열렸다.

긴 시간이 흘러 찬란했던 불꽃도 저물어 갈 즈음.
스스로 지핀 불씨를 지키기 위해
불멸의 천재가 다시 태어났다.

〈다시 태어난 베토벤〉

마치 운명이 문을 두드리듯
힘차게 손을 뻗어 외친다.
"아우아!"

Wish Books
흙수저 판타지 장편소설
회귀자 사용설명서
어느 날, 이세계로 소환되었다.
짐승들이 쏟아지고, 믿을 수 없는 위기가 닥쳐오나.
가지고있는 재능은 밑바닥.
[플레이어의 재능수치는 최하입니다.]
[거의 모든 수치가 절망적입니다.]
선택받은 용사든, 재능 있는 마법사든,
시간을 역행한 회귀자든.
모든 것을 이용해야 한다.
살아남기 위해.
"쓰레기면 뭐 어떻습니까. 살아남기 위해서
뭔 짓인들 못 하겠어요?"

마왕성 플레이어

트레샤 퓨전 판타지 장편소설
WISHBOOKS FUSION FANTASY STORY

신들의 전장, 하멜.

집으로 돌아가기 위한 마지막 싸움.
믿었던 동료가 배신했다!

[영혼 이식의 대상을 선택해 주십시오.]

뒤바뀐 운명. 최약의 마왕. 그리고……

"이번에는 좀 다를 거다!"

**어둠 속에 날카로운 칼날을 감춘,
마왕성 플레이어의 차가운 복수가 시작된다.**

미래에서 온
영화감독

철순 현대 판타지 장편소설

WISHBOOKS MODERN FANTASY STORY

투자자의 갑질로 영화가 실패하여
빚만 남은 삼류 영화감독 강찬.

사채업자에게 잡혀 죽을 위기에 처한 순간
거부할 수 없는 제안을 받는다.

"기회를 줄 게요."

미래를 바꾸기 위해 과거로 돌아간 강찬.
22년 이내에 100억 관객을 동원하라!

미래에서 온 영화감독

나는 될 놈이다

글쓰는기계 게임 판타지 장편소설
WISHBOOKS GAME FANTASY STORY

판타지 온라인의 투기장.
대장장이로 PVP 랭킹을 휩쓴 남자가 있다?

"아니, 어디서 이런 미친놈이 나타나서……."

랭킹 20위, 일대일 싸움 특화형 도적, 패배!

"항복!"

'바퀴벌레'라고 불릴 정도로
끈질긴 생명력을 가진 성기사조차 패배!

"판타지 온라인 2, 다음 달에 나온다고 했지?"

평범함을 거부하는 남자, 김태현!
그가 써내려가는 신개념 게임 정복기!